16	3	2	13
5	10	11	8
9	6	7	12
4	15	14	1

Coleção LESTE

Ivan Turguêniev

DIÁRIO DE UM HOMEM SUPÉRFLUO

Tradução, posfácio e notas
Samuel Junqueira

editora 34

EDITORA 34

Editora 34 Ltda.
Rua Hungria, 592 Jardim Europa CEP 01455-000
São Paulo - SP Brasil Tel/Fax (11) 3811-6777 www.editora34.com.br

Título original:
Dnievník lichnego tcheloveka

Imagem da capa:
Paul Cézanne, Retrato de Gustave Geffroy, *1896 (detalhe), óleo s/ tela, 110 x 89 cm, Musée d'Orsay, Paris*

Capa, projeto gráfico e editoração eletrônica:
Bracher & Malta Produção Gráfica

Revisão:
Alberto Martins

1ª Edição - 2018, 2ª Edição - 2019 (4ª Reimpressão - 2025)

CIP - Brasil. Catalogação-na-Fonte
(Sindicato Nacional dos Editores de Livros, RJ, Brasil)

Turguêniev, Ivan, 1818-1883
T724d Diário de um homem supérfluo /
Ivan Turguêniev; tradução, posfácio e notas
de Samuel Junqueira. — São Paulo: Editora 34,
2019 (2ª Edição).
96 p. (Coleção Leste)

Tradução de: Dnievník lichnego tcheloveka

ISBN 978-85-7326-721-1

1. Literatura russa. I. Junqueira, Samuel.
II. Título. III. Série.

CDD - 891.73

DIÁRIO DE UM HOMEM SUPÉRFLUO

Traduzido do original russo *Pólnoie sobránie sotchiniénii i pisem v tridsat tomakh* (Obra e correspondência completa em trinta volumes), de Ivan Serguêievitch Turguêniev, Moscou, Naúka, 1980, vol. IV. As notas do tradutor fecham com (N. do T.).

DIÁRIO DE UM HOMEM SUPÉRFLUO

Aldeia de Oviétchia Vodá
20 de março de 18...

O doutor acaba de sair de minha casa. Consegui, afinal, o que queria! Por mais que dissimulasse, não pôde, por fim, continuar escondendo. O certo é que morrerei em breve, muito em breve. Os rios descongelarão e é provável que eu me vá com a última neve... para onde? Sabe Deus! Também para o mar. Pois bem! Se é para morrer, que seja na primavera. Mas não é cômico começar a escrever um diário a, provavelmente, duas semanas da própria morte? E o que importa? E catorze dias são menos que catorze anos, que catorze séculos? Dizem que, perante a eternidade, tudo é ninharia; mas, nesse caso, a própria eternidade é uma ninharia. Parece que estou começando a filosofar: mau sinal — não estarei com medo? Melhor começar a contar alguma coisa. Lá fora está úmido e ventando — estou proibido de sair. O que contar então? Acerca de suas doenças um homem decente não fala; inventar histórias não é minha especialidade; refletir sobre questões elevadas não é comigo; nem mesmo descrições da vida ao meu redor poderiam interessar-me; e não fazer nada é deprimente; de ler tenho preguiça. Ah! contarei a mim mesmo toda a minha vida. Excelente ideia! Diante da morte é o mais apropriado e a ninguém ofende. Começo.

Nasci há uns trinta anos, numa família de proprietários rurais bem abastada. Meu pai era um jogador compulsivo; minha mãe, uma senhora de caráter... uma senhora bastante virtuosa. Só que nunca conheci uma mulher cuja virtude lhe proporcionasse menos satisfação. Sucumbiu sob o peso de sua própria dignidade e tiranizava a todos, a começar por si mesma. Ao longo de seus cinquenta anos de vida, nunca se permitiu um descanso nem ficou de braços cruzados; estava sempre se movimentando e ocupada como uma formiga — e sem nenhuma utilidade, o que não se pode dizer da formiga. Um verme infatigável a corroía dia e noite. Uma única vez eu a vi totalmente serena: justamente no dia seguinte ao de sua morte, no caixão. Contemplando-a, juro, pareceu-me que seu rosto expressava um assombro sereno; era como se os lábios entreabertos, as faces cavadas e os olhos docilmente fixos soprassem as palavras: "Como é bom repousar!". Sim, é muito bom poder finalmente se livrar da consciência martirizante da vida e dos sentimentos obsessivos e inquietantes da existência! Mas isso não vem ao caso.

Tive uma infância difícil e infeliz. Tanto meu pai quanto minha mãe amavam-me; mas isso não me trouxe consolo. Claramente entregue a um vício infame e devastador, meu pai não tinha nenhuma autoridade em sua própria casa nem importância alguma como homem; consciente da própria degradação e sem forças para largar sua grande paixão, ao menos vivia esforçando-se, com sua expressão afável e modesta e sua hesitante submissão, por se fazer digno de sua esposa exemplar. Mamãe, por sua vez, suportava o sofrimento com toda a paciência do mundo e com uma virtude em que havia muito de orgulho próprio. Nunca censurou meu pai no que quer que fosse, entregava-lhe seus últimos copeques sem reclamar e pagava suas dívidas; ele a enaltecia tanto em sua presença quanto pelas costas, mas não gostava de ficar em casa e acariciava-me às furtadelas, como se temesse contaminar-me com sua presença. Mas suas feições desfiguradas exalavam então tanta bondade, o risinho febril em seus lábios era substituído por um sorriso tão comovente e os olhos castanhos rodeados por rugas finas irradiavam tanto amor que eu involuntariamente colava o rosto ao seu, úmido e morno pelas lágrimas. Enxugava-lhe as lágrimas com meu lenço e elas tornavam a escorrer sem esforço, como a água que transborda de um copo. Eu mesmo começava a chorar e ele confortava-me, passando-me a mão pelas costas e beijando-me o rosto todo com os lábios trêmulos. Ainda hoje, passados mais de vinte anos de sua morte, quando penso em meu pobre pai, soluços mudos sobem-me à garganta e sinto bater o coração, e bate de modo tão ardente e amargo, martiriza-se com uma compaixão tão pungente, como se ainda lhe restasse muito tempo para bater e tivesse com que se compadecer.

Minha mãe, por sua vez, tratava-me sempre da mesma maneira, carinhosa, mas fria. Nos livros infantis com frequência encontram-se mães assim, enérgicas e justas. Ela me amava; mas eu não a amava. Exatamente! Esquivava-me de minha mãe virtuosa e amava com ardor meu degenerado pai.

Mas por hoje basta. Um começo há; quanto ao final, seja qual for, não tenho com que me preocupar. Fica por conta da minha doença.

21 de março

Hoje o tempo está maravilhoso. Faz calor e está claro; o sol irradia feliz na neve que derrete. Tudo brilha, transpira, respinga; os pardais esganiçam feito loucos junto às cercas umedecidas e escuras; o ar úmido irrita-me o peito de maneira intensa e deliciosa. É primavera, eis que chega a primavera! Sento-me à janela e fico a contemplar o campo que vai além do riacho. Oh, natureza!, natureza! Eu te amo tanto, mas saí de teu ventre ainda despreparado para a vida. Eis um pardal a saltar com as asas abertas; esganiça — e cada nota de seu canto e cada pena eriçada de seu pequeno corpo exalam saúde e vigor...

E o que resulta disso? Nada. Ele é saudável e tem o direito de esganiçar e eriçar; já eu estou doente e devo morrer — eis tudo. Não vale a pena falar mais sobre isso. E apelos sentimentais à natureza são de todo ridículos. Retornemos à minha história.

Como já disse, minha infância foi muito difícil e infeliz. Não tive irmãos ou irmãs. Fui educado em casa. E em que se ocuparia minha mãe caso me enviassem a um internato ou a um colégio do Estado? Para isto são os filhos, para que os pais não fiquem enfadados. Passávamos a maior parte do tempo no campo, às vezes íamos para Moscou. Tinha preceptores e professores, como manda o figurino; em especial, ficou-me na memória um alemão caquético e emotivo, Rikman, um sujeito extraordinariamente melancólico e aniquilado pelo destino, inutilmente consumido por uma nostalgia aflita da pátria distante. Ao lado da estufa, no terrível mormaço da antessala estreita, toda impregnada do cheiro azedo de *kvás*[1] velho, meu tio Vassili, vulgo "Gansa", com a barba por fazer e trajando seu eterno casaco de aniagem azul, costumava ficar sentado e jogar trunfo com o cocheiro Potap, que acabara de estrear um sobretudo de pele de ovelha, branco como espuma, e resistentes botas alcatroadas — enquanto Rikman, detrás de uma divisória, cantava:

Herz, mein Herz, warum so traurig?
Was bekümmert dich so sehr?

[1] Bebida fermentada, muito popular na Rússia. (N. do T.)

S'ist ja schön im fremden Lande —
Hertz, mein Hertz, — was willst du mehr?[2]

Após a morte do meu pai, transferimo-nos em definitivo para Moscou. Tinha então doze anos. Meu pai faleceu à noite, de um ataque. Nunca me esquecerei daquela noite. Eu dormia um sono profundo, como sempre dormem todas as crianças; mas lembro que, mesmo dormindo, ouvia um ronco pesado e regular. De repente, sinto alguém pegar-me pelos ombros e me sacudir. Abro os olhos: diante de mim, meu tio. "O que foi?" — "Levanta, levanta, Aleksei Mikháilitch está morrendo..." Saltei da cama feito um louco e fui para o seu quarto. Vejo meu pai deitado com a cabeça estirada para trás, todo vermelho e agonizando terrivelmente. À porta aglomeram-se pessoas com rostos amedrontados; na antessala alguém pergunta com voz rouca: "Já chamaram um médico?". No pátio o cavalo é tirado da estrebaria, as cancelas rangem e no chão da sala arde uma vela de sebo; naquele momento, mamãe se desespera, mas sem perder a compostura nem a consciência da própria dignidade. Atirei-me ao peito do meu pai, abracei-o e sussurrei: "Papai, papai...". Jazia imóvel e com os olhos cerrados de um modo um tanto estranho. Fixei o olhar em seu rosto — um pavor insuportável deixou-me sem ar; chorava de medo, e, como a um passarinho covardemente apanhado, agarraram-me e me levaram. Ainda na véspera, como se pressentisse a morte iminente, ele me acariciara de um modo tão caloroso quanto desalentado.

[2] "Coração, meu coração, por que tão triste?/ O que te aflige tanto?/ Tão bela é a terra estrangeira —/ Coração, meu coração — o que mais podes desejar?". A principal fonte desses versos é a seguinte quadra de J. W. Goethe (1749-1832), "Neue Liebe, neues Leben": "Herz, mein Herz, was soll das geben?/ Was bedränget Dich so sehr?/ Welch ein fremdes neues Leben!/ Ich erkenne Dich nicht mehr". (N. do T.)

Trouxeram um médico qualquer, sonolento e grosseiro, com um forte cheiro de vodca de aurora.[3] Meu pai morreu sob sua lanceta, e, no dia seguinte, completamente transtornado pela tragédia, fiquei sentado à mesa em que jazia o cadáver, com uma vela na mão e ouvindo, sem nada compreender, a densa melodia do sacristão, de quando em quando entrecortada pela voz frágil do padre; sem cessar, lágrimas escorriam-me pelo rosto, lábios, colarinho e peitilho; esvaía-me em lágrimas, contemplava com insistência e atenção o rosto imóvel do meu pai, como se esperasse dele alguma coisa; enquanto isso, mamãe prostrava-se, erguia-se lentamente e, persignando-se, apertava com força os dedos na testa, nos ombros e no peito. Não conseguia concentrar-me em nada; estava inteiramente apático, mas sentia que algo terrível acontecia comigo... Então a morte encarou-me e tomou nota de mim...

Após a morte do meu pai, mudamo-nos para Moscou por uma razão muito simples: toda a nossa propriedade fora levada a hasta por causa das dívidas — sim, ela toda, com exceção de uma aldeiazinha, esta mesma na qual agora passo minha esplêndida existência. Confesso que, embora na época fosse jovem, fiquei triste com a venda de nosso lar; quer dizer, na verdade entristeci-me somente com a venda de um dos nossos jardins. A esse jardim estão vinculadas quase que minhas únicas lembranças felizes; lá, numa tarde tranquila de primavera, enterrei meu melhor amigo, um velho cachorro de rabo cortado e patas tortas — Triksa; lá, outrora, escondido em meio à relva alta, comia maçãs roubadas, vermelhas e doces, de Novgorod; lá, enfim, entre os arbustos de framboesa madura, avistei, pela primeira vez, a criada Klávdia,

[3] Vodca curtida na erva popularmente conhecida como "aurora". (N. do T.)

que, apesar do nariz arrebitado e do hábito de rir sob o lenço, suscitou-me uma tão meiga paixão que, em sua presença, mal podia respirar, entorpecia e ficava mudo; e, certo dia, no Domingo de Ramos, quando chegou sua vez de beijar reverentemente minha mão de senhorzinho, por pouco não me lancei a beijar-lhe os sapatos gastos feitos de couro de bode. Meu Deus! Será possível que tudo isso fora há vinte anos? Parece fazer tanto tempo que cavalgava em meu cavalinho de pelo ruivo e eriçado ao longo da velha sebe do nosso jardim e, soerguendo-me nos estribos, arrancava as folhas bicolores dos álamos? Enquanto vive, o homem não sente a própria vida; depois de algum tempo, como um som, ela se torna audível para ele.

Oh, meu jardim, oh, trilhas tomadas pelo mato às margens da pequena lagoa! Oh, banco de areia sob a barragem em ruínas, onde eu pescava gobiões e verdemãs! E vós, enormes bétulas com longos ramos envergados, detrás das quais, por vezes propagava-se, vindo da estrada vicinal, a triste melodia de um mujique, irregularmente interrompida pelos solavancos de uma telega — envio-vos meu último adeus!... Despedindo-me da vida, somente a vós estendo as mãos. Mais uma vez gostaria de aspirar o frescor amargo do absinto, o doce aroma do trigo sarraceno ceifado nos campos de minha terra; gostaria de mais uma vez ouvir ao longe o toque discreto do sino rachado da igreja de nossa paróquia; mais uma vez ficar deitado à sombra fresca sob um pé de carvalho na encosta de uma ribanceira familiar; mais uma vez seguir com os olhos o movimento ágil do vento e do fluxo escuro que flui pela relva dourada do nosso prado...

E a que leva tudo isso? Mas hoje não posso prosseguir. Até amanhã.

22 de março

Hoje tornou a esfriar e ficar nublado. O tempo assim é muito mais adequado. Enquadra-se com meu trabalho. Em um momento de todo inoportuno, o dia de ontem despertou-me um acúmulo de recordações e sentimentos desnecessários. Isso não mais se repetirá. Desabafos sentimentais são como alcaçuz: no início, você mastiga e não parece ruim, mas depois fica um gosto horrível na boca. Contarei minha vida de forma simples e serena.

Pois bem, mudamo-nos para Moscou...

Mas me vem à mente: realmente vale a pena contar a minha vida?

Não, definitivamente não vale... Minha vida não se diferencia em nada da vida da maioria das pessoas. A casa dos pais, a universidade, o serviço nos níveis inferiores, a demissão, o pequeno círculo de amigos, a pobreza digna, os prazeres simples, as ocupações modestas, os desejos comedidos — diga com sinceridade, há alguém que não tenha passado por tudo isso? Dessa forma, não me porei a contar minha vida, tanto mais que escrevo para meu próprio prazer; e se meu passado não me oferece nada que seja muito feliz ou melancólico, então não há nada nele realmente digno de nota. O melhor é tratar de expor para mim mesmo o meu próprio caráter.

Que tipo de homem sou?... Poderiam argumentar que ninguém está interessado nisso — e eu concordo. Mas estou morrendo, juro que estou morrendo, e, diante da morte, não parece de fato perdoável o desejo de saber, como se diz, que espécie de bicho fui?

Refletindo bem sobre essa importante questão e não tendo, por outro lado, nenhuma pretensão de me expressar de forma muito amarga em meu próprio nome, como fazem as pessoas firmemente convictas de sua importância, tenho de reconhecer uma coisa: sou um homem de todo supérfluo neste mundo, ou, talvez, um bicho de todo supérfluo. Pretendo demonstrar isso amanhã, porque hoje estou tossindo como uma ovelha velha, e Teriéntevna, minha aia, não me deixa em paz: "Pois deite, meu paizinho", diz, "e beba mais chá...". Sei por que me importuna: ela é que quer chá. Pois bem! Que seja! Por que não permitir a uma pobre velha tirar de uma vez todo o proveito possível de seu senhor?... Por enquanto ainda há tempo.

23 de março

É inverno de novo. A neve desaba em flocos.

Supérfluo, supérfluo... Encontrei uma palavra excelente. Quanto mais profundamente me perscruto, quanto mais atentamente examino a minha vida pregressa, mais me convenço da estrita exatidão desse termo. Supérfluo — é isso. Aos outros não se aplica essa palavra... Os homens podem ser maus, bons, inteligentes, estúpidos, agradáveis e desagradáveis; mas supérfluos... não. Ou seja, quero que me entenda: o mundo poderia passar sem esses homens... sem dúvida; mas a inutilidade não é a sua principal característica, não é o seu traço distintivo, e quando se fala deles, a palavra "supérfluo" não é a primeira que vem à boca. E eu... quanto a mim, não é preciso dizer mais nada: supérfluo, e ponto. Um homem inútil, eis tudo. Pelo visto, a natureza não contava com meu aparecimento e, em consequência disso, tratou-me como uma visita inesperada e inconveniente. Não é à toa que um galhofeiro, um grande amante do *préférence*,[4] disse que, ao me parir, mamãe se metera numa enrascada. Hoje falo

[4] Jogo de cartas muito comum na Rússia do século XIX. (N. do T.).

com naturalidade sobre mim, sem qualquer ressentimento... É coisa do passado. Ao longo de toda a minha vida, sempre encontrei meu lugar ocupado, talvez porque não o procurasse onde deveria fazê-lo. Era desconfiado, acanhado, irritadiço, como todos os doentes; ademais, provavelmente por causa do meu orgulho excessivo ou inteiramente devido à natureza infeliz da minha personalidade, entre meus sentimentos e pensamentos e a manifestação desses sentimentos e pensamentos havia um certo obstáculo sem sentido, incompreensível e intransponível; e quando me atrevia a superar esse obstáculo à força, romper essa barreira, os movimentos, a expressão do rosto e todo o meu ser sentiam uma espécie de tensão nervosa: não apenas aparentava — eu me tornava realmente artificial e taciturno. Eu mesmo percebia isso e apressava-me a isolar-me novamente. Então uma terrível inquietação crescia dentro de mim. Analisava-me até o último fio de cabelo, comparava-me com os outros, recordava os mais insignificantes olhares, sorrisos e palavras das pessoas com as quais eu gostaria de me abrir, tudo interpretava mal, ria com sarcasmo da minha pretensão de "ser como todos" — e, de repente, em meio ao riso, abatia-me todo triste, afundava-me num desânimo ridículo e, em seguida, retornava ao ponto de partida; em suma, andava em círculos. Dias inteiros eram gastos nesse exercício torturante e inútil. Bem, agora tenha a bondade de dizer, diga a si mesmo, para quem e para que um homem desse tipo pode ser útil? Por que tudo isso se passou comigo? Qual a razão desse minucioso tormento dentro de mim? Quem sabe? Quem pode dizer?

Lembro que certo dia vinha de Moscou numa diligência. A estrada estava boa, mas o cocheiro juntara mais um cavalo aos quatro que já havia. Esse quinto cavalo, desgraçado, de todo inútil, atrelado à frente de qualquer jeito com uma corda curta e grossa que lhe feria a anca com crueldade e roçava em sua cauda, obrigando-o a correr da forma mais ridícula, o que dava a todo o corpo o aspecto de uma vírgula, sempre me despertou uma profunda compaixão. Observei ao cocheiro que, daquela vez, talvez não houvesse necessidade de mais um cavalo. Ele se calou, balançou a cabeça, fustigou-o sem dó com o cnute[5] no lombo seco e no ventre inchado dezenas de vezes — e proferiu, não sem um risinho de escárnio: "É mesmo, olha só como se arrasta! Pra que diabo?...".

Eu também me arrastava... Mas felizmente a estação estava próxima.

Supérfluo... Prometi dar mostras da veracidade da minha afirmação e cumprirei com minha promessa. Não considero necessário fazer menção às milhares de ninharias, ocorrências diárias e fatos que, no entanto, aos olhos de qualquer ser racional, poderiam servir como evidências irrefutáveis a meu favor, isto é, a favor do meu ponto de vista; é melhor começar logo com um fato de extrema importância, após o qual, provavelmente, não restará nenhuma dúvida acerca da exatidão desta palavra: supérfluo. Repito: não pretendo entrar em detalhes, mas não posso deixar passar em branco um pormenor bastante curioso e digno de nota, a saber: o estranho comportamento dos meus amigos para comigo (eu também tinha amigos) toda vez que dava de encontro com eles ou até mesmo quando os visitava. Ficavam meio sem jeito; vindo ao meu encontro, sorriam de modo um tanto artificial, não me olhavam nos olhos nem nas pernas, como alguns fazem, porém mais nas faces, apertavam-me a mão às pressas e pronunciavam: "Ah! Olá, Tchulkatúrin!" (o destino agraciou-me com tal alcunha) ou: "Ah, eis o Tchulkatúrin", e de imediato punham-se de lado e, mesmo depois de algum tempo, permaneciam em silêncio, como que se esforçando para

[5] Açoite russo, formado por várias tiras de couro. (N. do T.)

se recordar de algo. Eu notava tudo isso, pois não sou desprovido da faculdade e do dom da observação; de um modo geral, não sou nenhum tolo; às vezes até me vêm à mente ideias bastante engraçadas e não de todo banais; mas, como sou um homem supérfluo e tenho um cadeado interno, para mim é apavorante expressar meus pensamentos, tanto que sei de antemão que hei de me expressar de modo sofrível. Às vezes até me parece estranho como as pessoas conseguem falar com tanta naturalidade e desembaraço... Que desenvoltura, você pensaria. No entanto, para ser franco, a despeito do meu cadeado, não raro sentia cócegas na língua; mas, realmente, só me soltava na juventude, e na idade mais adulta quase sempre procurava me conter. Por vezes, dizia a meia-voz: "O melhor é me calar um pouco" e me aquietava. Todos somos dados ao silêncio; sobretudo nossas mulheres são peritas nisso: qualquer altiva rapariga russa mantém um silêncio tão obstinado que, mesmo a um homem acostumado, tal cena é capaz de provocar um leve arrepio e fazer suar frio. Mas isso não vem ao caso e não é do meu feitio ficar censurando os outros. Dou início à prometida história.

Há alguns anos, devido a uma série de circunstâncias de todo insignificantes, mas muito importantes para mim, vi-me obrigado a passar cerca de seis meses na provinciana cidade de O... Essa cidade é toda construída numa encosta e sem qualquer comodidade. Conta perto de oitocentos habitantes, é de uma pobreza extrema, os casebres são deploráveis e na rua principal, à guisa de pavimento, ocasionalmente pintam de branco blocos de calcário bruto, de aparência ameaçadora, que são contornados até pelas telegas; bem no meio da praça extremamente suja, ergue-se uma minúscula construção amarelada com aberturas escuras onde ficam pessoas com grandes quepes fingindo trabalhar; ali mesmo está fincada uma vara toda sarapintada extremamente alta e, para manutenção da ordem e por ordem das autoridades, ao seu lado há uma carroça de feno dourado e uma galinha do erário perambulando. Em suma, vive-se à larga na cidade de O... Nos meus primeiros dias nessa cidade por pouco não enlouqueci de tanto tédio. Devo dizer que, embora não haja dúvidas de que eu seja um homem supérfluo, não o sou por vontade própria; estou doente, mas não consigo suportar nada que seja doentio... Não tenho nada contra a felicidade, inclusive procurava alcançá-la por todos os meios... Dessa forma, não há nada de extraordinário no fato de eu sentir tédio como qualquer outro mortal. Encontrava-me na cidade de O... por assuntos de negócio...

Não há dúvidas de que Teriéntevna jurou matar-me. Eis uma amostra de nossa conversa:

Teriéntevna: Oh, paizinho! Por que fica escrevendo tanto? Pode fazer mal escrever desse jeito.

Eu: Mas me sinto entediado, Teriéntevna!

Ela: Então tome um chá e se deite. Se Deus quiser, o senhor vai suar e dormir um bocadinho.

Eu: Mas eu não quero dormir.

Ela: Ah, paizinho! O que está dizendo? Por Deus! Deite-se, deite-se, que é melhor.

Eu: Ainda assim vou morrer, Teriéntevna!

Ela: Que Deus nos livre e guarde... Pois bem, o senhor quer chá?

Eu: Não passo desta semana, Teriéntevna!

Ela: Ih-ih, paizinho! O que está dizendo? Se é assim vou preparar o samovar.

Oh, criatura senil, amarelada e desdentada! Será que para você não sou um homem?

24 de março. Frio glacial

No mesmo dia da minha chegada à cidade de O..., os assuntos de negócio acima referidos colocaram-me em contato com um tal de Kirilla Matvéitch Ojóguin, um dos funcionários mais importantes da província; mas o conheci, ou, como se diz, estreitei relações com ele, duas semanas depois. Sua casa ficava na rua principal e se destacava de todas as outras pelo tamanho, pelo telhado pintado e pelos dois leões na entrada, daquela espécie de leões em tudo semelhantes aos cães abandonados de Moscou. Por esses leões já era possível deduzir que Ojóguin era um homem de posses. De fato: ele era proprietário de quatrocentas almas;[6] recebia em casa a nata da sociedade de O... e tinha fama de hospitaleiro. O prefeito frequentava sua casa em uma *drójki*[7] ampla, enferrujada e puxada por uma parelha, um homem extremamente corpulento, como se fosse composto de sucata; outros funcionários o visitavam: um fiscal judiciário,[8] uma criatura amarelada e rancorosa; um agrimensor espirituoso, de origem alemã e fisionomia tártara; um oficial dos meios de transporte, uma alma delicada e bom cantor, mas enxerido; um ex-dirigente da província, um senhor de cabelo tingido, peitilho amarrotado, pantalonas bem justas e com a mais nobre expressão no rosto, tão típica das pessoas que foram processadas; visitavam-no juntos dois proprietários, amigos inseparáveis, ambos já de certa idade e até envelhecidos, dos quais o mais jovem estava sempre fulminando o mais velho e tapando-lhe a boca com uma destas reprimendas: "Basta, Ser-

[6] Forma como eram denominados os servos russos. (N. do T.)

[7] Carruagem leve, aberta, de quatro rodas, para distâncias curtas. (N. do T.)

[8] No original, *striáptchi*, funcionário responsável pela fiscalização das instituições judiciárias. (N. do T.)

guei Serguêitch; aonde quer chegar? Você até pensa que 'sobreiro' é com 'p'. Isto mesmo, senhores" — prosseguiu com toda convicção, dirigindo-se aos presentes —, "Serguei Serguêitch não escreve 'sobreiro', mas 'sopreiro'". E todos que estavam presentes riam, ainda que, provavelmente, nenhum deles se destacasse por uma destreza especial nas regras da ortografia; e o infeliz Serguei Serguêitch calava-se e baixava a cabeça com um sorriso amarelo. Mas esqueço que meu tempo está contado e fico entrando em descrições detalhadas em demasia. Pois bem, sem mais delongas: Ojóguin era casado e tinha uma filha, Elizavieta Kiríllovna, por quem me apaixonei.

O próprio Ojóguin era um homem comum, nem belo nem feio; sua esposa assemelhava-se a um frango envelhecido; mas a filha não saíra aos pais. Era muito bonita, de temperamento vivo e dócil. Seus olhos cinza-claro fitavam fixos e com bondade sob as sobrancelhas arqueadas de criança; estava quase sempre sorrindo e também ria com facilidade. Sua voz delicada soava bastante agradável; seus movimentos eram livres e ágeis — e corava feliz. Não se vestia com muita elegância; assentavam-lhe bem os vestidos simples. De uma maneira geral, custava-me fazer amizade, e se ficava à vontade com alguém logo no primeiro encontro — o que, aliás, quase nunca acontecia —, admito que isso se devia muito mais ao meu recém-conhecido. Decididamente, não sabia como portar-me com as mulheres e, na presença delas, ou franzia o cenho e adotava uma expressão sombria ou arreganhava os dentes do modo mais ridículo e, embaraçado, passava a língua pela boca. Com Elizavieta Kiríllovna, ao contrário, fiquei à vontade logo no primeiro encontro. Eis como tudo se passou. Certo dia, chego à casa de Ojóguin antes do almoço e pergunto: "Estão em casa?". Respondem: "Sim, estão se vestindo; queira passar para a sala de visitas". Entrei; vejo uma moça junto à janela e de costas para mim, de vestido branco e com uma gaiola nas mãos. Como de hábito, fiquei um tanto constrangido; ainda assim, sem dizer nada, tossi por delicadeza. A moça virou-se tão rápido, mas tão rápido, a ponto de seus cachos a atingirem no rosto; ela me viu, cumprimentou-me e, sorrindo, mostrou-me uma caixinha com grãos até a metade. "Posso?" Como é natural em tais ocasiões, primeiro assenti com a cabeça, ao mesmo tempo que dobrava e esticava rapidamente o joelho (como se alguém tivesse me golpeado nas pernas) — o que, como se sabe, é um sinal de boa educação e encantadora espontaneidade na maneira de se relacionar —, e depois sorri, ergui a mão e a girei cerca de duas vezes no ar com cuidado e delicadeza. No mesmo instante, ela afastou-se de mim, tirou da gaiola uma tabuinha, começou a raspá-la com força usando uma faca, e, de repente, sem mudar de posição, pronunciou as seguintes palavras: "É o dom-fafe[9] do papai... O senhor gosta de dom-fafes?" — "Prefiro pintassilgos" — respondi, não sem algum esforço. "Também gosto de pintassilgos; mas olhe para ele, é tão bonzinho. Veja, ele não tem medo (o que me surpreendeu foi que eu não estava com medo). Pode chegar perto. Ele se chama Popka." Aproximei-me e me abaixei. "Não é verdade que ele é encantador?" Voltou-me o rosto; mas estávamos tão próximos um do outro que ela teve que recuar um tanto a cabeça para poder me olhar com seus olhos claros. Olhei para ela: toda jovem, o rosto corado sorria de um jeito tão benévolo que eu também sorri e por pouco não rompi de felicidade. A porta se abriu: entrou o senhor Ojóguin. No mesmo instante, aproximei-me dele e comecei a falar com toda naturalidade; nem eu mesmo sei como fiquei para o almoço e passei a tarde inteira com eles; já no dia seguinte, o criado de Ojóguin, um homem meio comprido e míope, sor-

[9] Pássaro da família dos fringilídeos, encontrado na Europa e na zona temperada da Ásia. (N. do T.)

ria para mim como para um amigo da casa, enquanto tirava-me o capote.

Encontrar refúgio, construir um ninho ainda que temporário, conhecer as delícias das relações e hábitos cotidianos — dessa felicidade eu, um homem supérfluo, sem recordações familiares, até então nunca experimentara. Se algo em mim lembrava uma flor, e se essa comparação não fosse tão batida, atrever-me-ia a dizer que minha alma floresceu a partir daquele dia. Tudo em mim e ao meu redor foi profundamente transformado! Toda a minha vida fora iluminada pelo amor, ela toda, até os menores recantos, como um quarto escuro e abandonado no qual entram com uma vela. Deitava-me e me levantava, vestia-me, tomava o desjejum, fumava um cachimbo, diferentemente de antes; até mesmo saltitava ao caminhar — verdade, era como se, de repente, asas tivessem brotado de meus ombros. Lembro que nem por um minuto alimentei dúvidas acerca do sentimento que nutria por Elizavieta Kiríllovna: desde o primeiro dia apaixonei-me por ela loucamente e sabia estar apaixonado. Durante três semanas, eu a vi todos os dias. Aquelas três semanas foram as mais felizes da minha vida; mas sua lembrança me é dolorosa. Não consigo pensar nelas de forma isolada: parece-me que a amargura corrosiva que veio em seguida terminou por cingir aos poucos meu coração enternecido.

Quando está tudo bem para um homem, seu cérebro, como se sabe, opera muito pouco. Uma sensação de paz e alegria, uma sensação de bem-estar penetra em todo o seu ser; ele é consumido por ela; sua personalidade desaparece — ele se deleita, como dizem os maus poetas. Mas quando, finalmente, passa esse "encanto", por vezes o homem se sente aborrecido e triste por, em meio à felicidade, ter observado tão pouco a si mesmo, por, de modo racional, não ter duplicado e prolongado seus deleites... como se o homem "bem-aventurado" tivesse tempo para refletir sobre seus sentimentos e isso valesse a pena! Um homem feliz é como um pinto no lixo. Por isso mesmo, quando me recordo daquelas três semanas, fica quase impossível reter na memória uma impressão exata e precisa, tanto mais que, durante todo esse tempo, nada de muito especial passou-se entre nós... Aqueles vinte dias surgem-me como algo caloroso, novo e fragrante, tal qual uma faixa de luz em minha vida opaca e sombria. Minha memória tornou-se, de súbito, completamente fiel e clara somente a partir do momento em que, fazendo uso das palavras daqueles maus escritores, os golpes do destino caíram sobre mim.

Sim, aquelas três semanas... Não que elas não me tenham deixado alguma imagem. Às vezes, quando me ocorre de ficar pensando muito naquela época, de repente outras recordações afloram da escuridão do passado — assim como as estrelas aparecem inesperadamente no céu noturno ante olhares concentrados. Em especial, ficou-me na memória um passeio por um bosque fora da cidade. Éramos quatro: a velha Ojóguina, Liza,[10] eu e um tal de Bizmiónkov, um funcionário de baixo escalão da cidade de O..., um homem loiro, bonzinho e inofensivo. Ainda terei de falar sobre ele. O senhor Ojóguin mesmo ficara em casa: o sono muito prolongado dava-lhe dor de cabeça. O dia estava maravilhoso, quente e calmo. É preciso observar que jardins recreativos e passeios públicos não são do gosto do homem russo. Nos centros de províncias, nos assim chamados jardins públicos, em época alguma do ano você encontra uma alma viva; no máximo, uma velha qualquer se lamentando, sentada em um banco verde aquecido pelo sol, próximo a uma arvorezinha doente, e ainda assim se não houver um banquinho imundo junto à entrada. Mas se nas proximidades da cidade houver

[10] Diminutivo de Elizavieta. (N. do T.)

um bosque ralo de bétulas, os comerciantes e, de quando em quando, os funcionários públicos para lá vão de bom grado aos domingos e feriados com seus samovares, tortas doces e melancias, colocam toda essa fartura na relva empoeirada ao lado do caminho, sentam-se em círculo e comem e bebem chá à vontade até entardecer. Na época havia exatamente um bosque assim a duas verstas[11] da cidade de O... Chegamos lá depois do almoço, tomamos chá, como de costume, e, em seguida, fomos todos os quatro caminhar pelo bosque. Bizmiónkov ofereceu o braço à velha Ojóguina, e eu a Liza. Já começava a anoitecer. Naquela altura, encontrava-me no auge do primeiro amor (não haviam passado mais de duas semanas desde que nos conhecemos), naquele estado de êxtase ardente e arrebatado, quando toda a alma segue com inocência e satisfação cada movimento do ser amado, quando você não consegue se saciar de sua presença e se fartar de ouvir sua voz, quando você sorri como uma criança curada e enxerga com seu olhar, e algumas pessoas experientes percebem o que lhe passa a cem passos de distância e à primeira vista. Até esse dia ainda não tivera a oportunidade de andar de braços dados com Liza. Íamos lado a lado, caminhando com vagar pela relva verde. Uma brisa fresca parecia se agitar à nossa volta e entre os troncos brancos de bétulas, de quando em quando lançando-me no rosto a fita do chapéu de Liza. Não parava de segui-la com o olhar, até que ela finalmente voltou-se para mim toda feliz, e ambos sorrimos um para o outro. Acima de nós, os pássaros gorjeavam em sinal de aprovação e o céu azul transparecia com ternura por entre a folhagem rala. Minha cabeça girava de tanta satisfação. Apresso-me a observar: Liza não estava nem um pouco apaixonada por mim. Ela gostava de mim; geralmente, não

[11] Antiga unidade de medida russa, equivalente a 1,07 km. (N. do T.)

se esquivava de ninguém, mas não seria eu a perturbar sua paz infantil. Ela caminhava de braços dados comigo como faria com um irmão. Na época, tinha dezessete anos... No entanto, naquela mesma tarde, diante de mim, teve início nela aquela euforia interna e agradável que precede a transformação da menina em mulher... Fui testemunha dessa metamorfose de todo o seu ser, dessa confusão inocente, desse recolhimento inquietante; fui o primeiro a notar aquela suavidade repentina no olhar e aquela insegurança estridente da voz — oh, tolo! oh, homem supérfluo! Durante uma semana inteira, não me envergonhei de acreditar que eu fora a causa dessa mudança.

Eis como tudo se passou.

Passeamos por um bom tempo, até a noitinha, e conversamos um pouco. Eu ficava calado, como todos os amantes inexperientes, e ela, provavelmente, não tinha o que me dizer; mas parecia refletir sobre alguma coisa e, de um modo um tanto peculiar, meneava a cabeça, mordendo, com ar pensativo, uma folha que arrancara. Às vezes tomava a frente com tanta intrepidez... e depois, de repente, detinha-se, esperava por mim e olhava ao redor com as sobrancelhas erguidas e um sorriso disperso. Um dia antes havíamos lido juntos *O prisioneiro do Cáucaso*.[12] Com que avidez me ouvira, apoiando o rosto nas mãos e encostando o peito à mesa! Passei a falar sobre a leitura da véspera; ela corou, perguntou-me se antes de sair dera sementes de cânhamo ao dom-fafe, entoou uma cançãozinha qualquer em voz alta e, de repente, calou-se. Um lado do bosque terminava num precipício bastante profundo e íngreme; embaixo fluía um riacho sinuoso, seguido por pradarias sem fim que se estendiam a perder de vista, erguendo-se ligeiramente como ondas e se assemelhan-

[12] Poema narrativo de Aleksandr Púchkin (1799-1837), escrito no início da década de 1820. (N. do T.)

do a longas toalhas estiradas, cortadas aqui e ali por ribanceiras. Liza e eu fomos os primeiros a chegar à divisa do bosque; Bizmiónkov e a velha haviam ficado para trás. Saímos, paramos e, de forma involuntária, cerramos os olhos: diretamente contra nós, em meio a uma névoa incandescente, punha-se um sol rubro e majestoso. Metade do céu ardia e brilhava; raios vermelhos surgiam de relance pelo prado, lançando um reflexo escarlate até mesmo nas partes sombrias das ribanceiras, cobrindo o riacho como uma lava incandescente nos lugares onde ele não se ocultava sob as moitas que pendiam, apoiadas nas margens do precipício e do bosque. Ficamos parados, banhados pelo clarão intenso. Não sou capaz de descrever toda a grandiosidade arrebatadora daquela cena. Dizem que para um cego a cor vermelha assemelha-se ao som de uma trombeta; não sei até que ponto essa comparação é devida, mas, sem dúvida, havia como que um clamor naquele ouro chamejante do céu vespertino e no brilho purpúreo do céu e da terra. Soltei um grito de entusiasmo e, em seguida, voltei-me para Liza. Ela olhava na direção do sol. Recordo-me do brilho do crepúsculo refletindo pequenos pontos de fogo em seus olhos. Estava admirada, profundamente comovida. Não comentou nada a respeito do meu grito, ficou um bom tempo sem se mover e baixou a cabeça... Estendi-lhe a mão; ela voltou-me as costas e, de repente, caiu em prantos. Contemplava-a com um assombro velado, quase que radiante... A voz de Bizmiónkov soou a dois passos de distância. Liza rapidamente enxugou as lágrimas e olhou-me com um sorriso amarelo. A velha saiu do bosque apoiando-se nos braços de seu guia loiro; agora eram eles que admiravam a paisagem. A velha perguntou qualquer coisa a Liza e lembro que estremeci involuntariamente quando soou em resposta a vozinha de taquara rachada de sua filha, assemelhando-se ao barulho de um espelho ao se quebrar. Nesse ínterim, o sol havia-se posto e o crepúsculo começava a se extinguir. Retornamos. Tornei a oferecer a mão a Liza. Ainda estava claro no bosque e podia distinguir com perfeição seus traços. Estava confusa e não erguia os olhos. O rubor que se lhe espalhara pelo rosto não desaparecera: era como se todo o seu corpo ainda estivesse sob os raios do sol poente... sua mão mal segurava a minha. Por um bom tempo, não consegui puxar assunto, de tão forte que me batia o coração. Por entre as árvores, surgiu ao longe nossa carruagem; o cocheiro vinha a pé ao nosso encontro, caminhando pela areia macia da estrada.

— Lizavieta[13] Kiríllovna — proferi por fim —, por que estava chorando?

— Não sei — replicou depois de um curto silêncio, olhando-me com seus olhos meigos e ainda úmidos das lágrimas; seu olhar pareceu-me alterado — e voltou a ficar em silêncio.

— Vejo que a senhora ama a natureza... — continuei. Não era exatamente o que queria dizer e minha língua mal balbuciou essa frase até o fim. Ela meneou a cabeça. Eu não conseguia proferir mais uma palavra... Esperava alguma coisa... não uma declaração, nem pensar! Esperava um olhar confiante, uma pergunta... Mas Liza olhava para o chão e calava. Repeti mais uma vez a meia-voz: "Por quê?", e não obtive resposta. Vi que ficou sem jeito, quase envergonhada.

Um quarto de hora depois, já estávamos instalados na carruagem e nos aproximávamos da cidade. Os cavalos corriam a trote uníssono; voávamos através do tempo enegrecido e úmido. De repente, pus-me a falar sem parar, ora me dirigindo a Bizmiónkov, ora a Ojóguina, sem olhar para Liza, mas pude notar que de seu canto na carruagem olhara para mim mais de uma vez. Já em casa reanimou-se, porém não

[13] Outra forma diminutiva, afetuosa, de Elizavieta. (N. do T.)

quis ler comigo e foi dormir logo. A mudança, aquela mudança sobre a qual eu falara, ocorrera nela. Deixara de ser uma menina e também começara a esperar... como eu... por algo. Não esperaria muito.

Ainda assim, naquela noite voltei para casa em completo estado de êxtase. O pressentimento confuso e a desconfiança que haviam se formado dentro de mim desapareceram: atribuía a repentina falta de naturalidade de Liza para comigo ao pudor juvenil, à timidez... Acaso não havia lido mil vezes em inúmeras obras que a primeira manifestação do amor sempre sobressalta e intimida uma jovem? Senti-me extremamente feliz e já fazia inúmeros planos em minha mente...

Se na época alguém me dissesse no ouvido: "Está delirando, meu caro! O que o espera, irmãozinho, é morrer isolado num casebre caindo aos pedaços, em meio aos resmungos insuportáveis de uma velha que espera ansiosa sua morte para poder vender suas botas por uma pechincha...".

Sim, a contragosto repito o que dissera um filósofo russo: "Como saber o que não se sabe?".[14] Até amanhã.

25 de março. Um dia claro de inverno

Reli o que escrevi ontem e por pouco não rasguei o caderno inteiro. Tenho a impressão de ser muito prolixo e meloso ao narrar a minha história. De todo modo, as demais recordações daquela época não apresentam nada de agradável, exceto aquele tipo especial de bem-estar que Liérmontov tinha em mente quando dizia que cutucar velhas feridas tanto

[14] Palavras pronunciadas por uma personagem do conto "Anotações de um morador de Zamoskvorietski" (1847), de Aleksandr Ostróvski (1823-1886). (N. do T.)

pode proporcionar prazer quanto dor,[15] então por que não me dar esse mimo? Mas é preciso seguir adiante. Dessa forma, prossigo sem qualquer sentimentalismo.

No decorrer de toda a semana que se seguiu ao passeio fora da cidade, em essência minha situação não mudou nada, ainda que a transformação em Liza ficasse a cada dia mais patente. Como já disse, pintei essa mudança nas cores mais favoráveis a mim... A infelicidade dos solitários e tímidos — dos tímidos devido ao orgulho — consiste justamente no fato de que eles, tendo olhos e até mesmo esbugalhando-os, nada veem ou veem tudo segundo sua própria lógica através de lentes coloridas. Suas ideias e observações os incomodam a cada passo. No início da nossa relação, Liza se dirigia a mim com confiança e liberdade, como faz uma criança; é possível que em sua amizade por mim houvesse algo mais do que um afeto ingênuo e infantil... Mas quando dentro dela teve lugar aquela reviravolta singular e um tanto repentina, após um breve espanto, ela passou a se sentir constrangida com minha presença; involuntariamente, afastava-se de mim e, ao mesmo tempo, ficava triste e pensativa... Estava esperando... pelo quê? Nem ela mesma sabia... e eu... eu, como já disse, alegrava-me com essa transformação... Juro que, por pouco, como se diz, não morri de felicidade. Pensando bem, tenho de reconhecer que outro no meu lugar também se enganaria... Quem não tem amor-próprio? Não é preciso dizer que tudo isso só me ficou claro com o passar dos dias, quando me vi obrigado a encolher minhas asas feridas, que já não eram muito fortes.

O mal-entendido que surgiu entre mim e Liza prolongou-se por toda a semana — e não há nada de surpreendente nisso, pois estou acostumado a ser testemunha de mal-en-

[15] Referência ao poema de Mikhail Liérmontov (1814-1841), "Jornalista, leitor e escritor" (1840). (N. do T.)

tendidos que se prolongam por anos a fio. E quem disse que uma verdade é incontestável? A mentira é tão válida quanto a verdade, se não mais. Recordo-me perfeitamente de que, durante aquela semana, vez por outra um verme roía dentro de mim... Mas, volto a dizer, nosso irmão, o homem solitário, é incapaz de compreender aquilo que se passa dentro dele, assim como o que ocorre diante de seus olhos. E mais: seria o amor um sentimento natural? Seria amar algo inerente ao homem? O amor é uma doença e não há remédio que a cure. Admitamos, às vezes eu sentia uma fisgada desagradável no coração; pois tudo dentro de mim tinha virado de cabeça para baixo. E como reconhecer o que é bom e o que é ruim, qual a causa e o significado de cada sensação em particular?

Seja como for, todos esses mal-entendidos, pressentimentos e esperanças dissiparam-se da seguinte forma.

Certa vez — era de manhã, perto de meio-dia —, mal entrara no vestíbulo do senhor Ojóguin, quando uma voz desconhecida e estrepitosa soou na sala, a porta se abriu e, em companhia do anfitrião, surgiu na entrada um homem alto e bem-apessoado, de uns 25 anos; vestiu rapidamente seu capote militar, que estava numa bancada, despediu-se cordialmente de Kirilla Matvéitch e, ao passar por mim, tocou no quepe com desdém — e sumiu, tilintando as esporas.

— Quem é esse? — perguntei a Ojóguin.

— O príncipe N* — respondeu-me com uma expressão preocupada —, enviado de Petersburgo para alistar recrutas. Mas onde é que estão esses criados? — prosseguiu com enfado. — Ninguém o ajudou com o capote.

Entramos na sala de visitas.

— Faz tempo que ele chegou? — perguntei.

— Dizem que ontem à noite. Ofereci-lhe um quarto, mas recusou. Aliás, parece ser um rapaz bastante simpático.

— Ele ficou muito tempo com o senhor?

— Uma hora. Pediu-me para apresentá-lo a Olimpíada Nikítitchna.

— E o apresentou?

— Sim.

— E Lizavieta Kiríllovna, ele...

— Já a conheceu, sim.

Fiquei calado.

— O senhor sabe se ele ficará muito tempo?

— Acredito que terá de passar umas duas semanas e tanto por aqui.

E Kirilla Matvéitch saiu correndo para se vestir.

Fiquei dando voltas pela sala. Não me lembro da chegada do príncipe N* ter-me causado qualquer impressão em particular, exceto aquela sensação de hostilidade que geralmente nos assalta quando da aparição de um novo rosto em nosso círculo doméstico. A essa sensação, talvez, se mesclasse ainda algo similar à inveja do moscovita acanhado e obscuro frente ao oficial brilhante petersburguês. "O príncipe" — pensei — "é um velhaco da capital: vai olhar-nos de cima..." Não o vira por mais de um minuto, mas cheguei a notar que ele era belo, astuto e desinibido. Depois de andar pela sala por algum tempo, por fim parei em frente a um espelho, tirei um pente do bolso, deixei o cabelo levemente despenteado e, de repente, como ocorre às vezes, fiquei contemplando o próprio rosto. Recordo que voltei toda a minha atenção ao nariz; os contornos imprecisos e incertos desse membro não me proporcionavam nenhum prazer especial — de repente, no fundo escuro do espelho inclinado, que refletia quase todo o ambiente, a porta se abriu e surgiu a figura esbelta de Liza. Não sei por que não me mexi e conservei intacta a expressão do rosto. Liza assomou a cabeça, observou-me com atenção e, com as sobrancelhas erguidas, mordeu os lábios, prendeu a respiração — como alguém que se alegra por não ter sido notado — e recuou com cautela, puxando a porta atrás de si bem devagar. A porta fez um leve ruído. Liza estremeceu e ficou presa ao chão... Sequer me mexi... Ela voltou a puxar a maçaneta e desapareceu. Não havia como duvidar: a expressão do rosto de Liza ao me ver, aquela expressão em que não se via nada, exceto um desejo de se retirar com sucesso, de evitar um encontro desagradável, um lampejo sutil de satisfação que cheguei a perceber em seus olhos quando lhe parecera ter conseguido passar despercebida — tudo isso deixara bem clara uma coisa: aquela jovem não me amava. Por um bom tempo, não pude desviar o olhar da porta imóvel e silenciosa, cuja mancha branca voltara a se refletir no fundo do espelho; queria sorrir para a minha própria imagem distorcida, mas baixei a cabeça, voltei para casa e me atirei ao divã. Era tão sufocante, tão sufocante, que nem conseguia chorar... e, além do mais, para que chorar?... "Será possível?" — repetia sem parar, deitado como morto, de costas e braços cruzados sobre o peito. — "Será possível?" Que tal esse "será possível"?

26 de março. Degelo

Quando, no dia seguinte, depois de muito hesitar e petrificado por dentro, entrei na familiar sala de estar dos Ojóguin, já não era o mesmo homem que haviam conhecido no decorrer das últimas três semanas. Todos os hábitos anteriores que eu começara a abandonar devido à influência de uma sensação que me era nova de repente tornaram a surgir e a se apossar de mim, como proprietários que retornam às suas casas. Em geral, os tipos como eu não se deixam levar tanto pelos fatores positivos como pelas impressões pessoais: se ainda na véspera sonhara com o "êxtase de um amor correspondido", naquele dia já não tinha a menor dúvida de minha "desgraça" e caí em completo desespero, ainda que eu mesmo não seja capaz de encontrar algum motivo racional para esse desespero. Não era o caso de estar com ciúme do príncipe N*, pois qualquer que fosse a virtude que lhe atribuíam, sua mera aparição não fora suficiente para extinguir de imediato aquela afeição de Liza por mim... Mas, no fundo, houvera mesmo essa afeição? Recordei o que se passara. "E o passeio pela floresta?" — perguntava-me. — "E a expressão do seu rosto no espelho? Mas" — prosseguia — "o passeio pela floresta, parece-me... Ah, meu Deus! Que criatura insignificante sou!" — exclamei por fim em voz alta. Eis o gênero de pensamentos mal formulados e incompletos que davam mil voltas e giravam num turbilhão uniforme em minha mente. Repito: retornei à casa dos Ojóguin tão desconfiado, mal-encarado e frio quanto o fora desde a infância.

Encontrei a família inteira na sala de estar; Bizmiónkov também estava lá, sentado num cantinho. Todos pareciam de bom humor: Ojóguin, em particular, estava radiante e desde o início me fez saber que o príncipe N* passara toda a tarde da véspera com eles. Liza cumprimentou-me de forma serena. "Então" — disse a mim mesmo —, "agora compreendo o porquê desse bom humor de vocês." Confesso que essa segunda visita do príncipe desconcertou-me. Não esperava por isso. Em geral, nosso irmão espera por tudo no mundo, exceto pelo que está fadado a ocorrer devido à ordem natural das coisas. Fechei a cara e fiz ares de homem ofendido, mas também magnânimo; queria punir Liza pela minha desgraça, o que, por outro lado e apesar de tudo, demonstra que não perdera de todo as esperanças. Dizem que, em algumas situações, quando realmente se ama, é aconselhável até mesmo tiranizar o ser amado; mas, no meu caso, isso seria de uma enorme tolice: com seu jeito inocente, Liza sequer me dava atenção. Apenas a velha Ojóguina notou meu silêncio solene e, com cautela, perguntou sobre minha saúde. Com um sorriso amargo — o que é compreensível —, respondi-lhe que, graças a Deus, minha saúde estava perfeita. Ojóguin continuava a arengar acerca de sua visita; mas, ao notar que lhe respondia a contragosto, passou a se dirigir mais a Bizmiónkov, que o ouvia com toda atenção, quando, de repente, um criado entrou e anunciou o príncipe N*. O anfitrião ergueu-se de um salto e correu ao seu encontro; Liza, a quem de imediato dirigi meus olhos de águia, corou de satisfação e se remexeu na cadeira. O príncipe entrou, empolado, feliz, afável...

Posto que não redijo uma novela para um leitor benévolo, mas escrevo apenas por prazer pessoal, não tenho, portanto, que fazer uso dos ardis comuns aos senhores literatos. Sem mais delonga, direi agora que Liza se apaixonou perdidamente pelo príncipe desde o primeiro instante, e ele por ela — em parte por não ter o que fazer, em parte pelo costume de seduzir as mulheres, mas também porque Liza realmente era uma criatura encantadora. Não era de se admirar que se apaixonassem um pelo outro. É provável que, de forma alguma, ele esperasse encontrar semelhante pérola em concha tão execrável (refiro-me à amaldiçoada cidade de O...), e ela, até então, nem em seus sonhos vira nada que tivesse a mínima semelhança com aquele aristocrata brilhante, inteligente e sedutor.

Depois dos cumprimentos iniciais, Ojóguin apresentou-me ao príncipe, que me tratou com muita cortesia. Em geral, ele era bastante cortês com todos e, apesar da distância descomunal que havia entre ele e nosso obscuro círculo de província, não só não constrangia ninguém como também dava a entender que era igual a nós e que vivia em São Petersburgo meramente por obra do acaso.

Aquela primeira noite... Oh, aquela primeira noite! Nos dias felizes de nossa infância, nossos professores contavam-nos e citavam como exemplo a corajosa determinação daquele jovem lacedemônio que, tendo furtado uma raposa e a escondido sob sua clâmide, sem dar um único pio, permitiu que ela devorasse suas vísceras, preferindo, dessa forma, a morte à desonra...[16] Não consigo encontrar comparação melhor para expressar meus sofrimentos indescritíveis no decorrer daquela noite em que vi o príncipe ao lado de Liza pela primeira vez. Meu sorriso sempre forçado, meu angustiante espírito de observação, meu silêncio estúpido e minha triste e inútil vontade de ir embora, tudo isso, certamente, era bastante admirável até certo ponto. Não era apenas uma raposa revolvendo minhas entranhas: ciúme, inveja, uma sensação de insignificância e uma raiva impotente torturavam-me. Não poderia deixar de reconhecer que o príncipe, deveras, era um jovem muito gentil... Eu o devorava com os olhos; juro, parece que me esquecia de piscar ao contemplá-lo. Ele não conversava apenas com Liza, mas, sem dúvida, falava unicamente para ela. Talvez já estivesse farto de mim... É provável que tenha adivinhado logo que estava lidando com um amante rejeitado, mas, com pena de mim e consciente da minha absoluta insignificância, dirigia-se a mim com toda a delicadeza. Imagine o quanto isso não me ofendeu! No decorrer da noite, lembro-me de que tentei reparar minha falta; eu (seja quem for que estiver lendo estas linhas, não ria de mim, pois essa foi a minha última fantasia)... juro que, em meio a todos os meus tormentos, de repente imaginei que Liza queria castigar-me pela frieza insolente que eu demonstrara no início de minha visita, que ela ficara com raiva de mim e, apenas por despeito, flertava com o príncipe... Aproveitei uma oportunidade e, ao me aproximar dela com um sorriso resignado mas afável, murmurei: "Já chega, perdoe-me... Aliás, não é que eu estivesse com medo" — e, de repente, sem esperar por sua resposta, adotei uma expressão de extraordi-

[16] O episódio é narrado por Plutarco em *Vidas paralelas*, no capítulo sobre Licurgo. (N. do T.)

nária vivacidade e atrevimento, esbocei um sorriso amarelo, estendi o braço por cima da cabeça em direção ao teto (lembro que queria ajeitar o cachecol) e até mesmo preparei-me para girar em um pé só, como que desejando dizer: "Ficou tudo para trás, estou feliz, fiquemos todos felizes", no entanto, não girei, temendo cair devido a uma certa rigidez não natural nos meus joelhos... Ficou claro que Liza não me compreendera, olhou-me no rosto com espanto, sorriu rapidamente, como que desejando safar-se de mim o quanto antes, e tornou a se aproximar do príncipe. Por mais cego e surdo que eu estivesse, no fundo não podia deixar de perceber que, naquele momento, ela não estava nem um pouco irritada ou aborrecida comigo: ela simplesmente sequer pensava em mim. O golpe foi certeiro: minhas últimas esperanças ruíram com estrépito, como um bloco de gelo trespassado pelo sol da primavera que de repente se despedaça em minúsculos fragmentos. Já no primeiro assalto fui de todo nocauteado e, como os prussianos em Iena,[17] perdi tudo num único dia e de uma só vez. Não, ela não se irritara comigo...

Infelizmente foi o contrário! Vi que ela mesma se entregava. Como uma arvorezinha jovem que já se desprendeu da margem pela metade, inclinava-se com avidez sobre a correnteza, disposta a ceder-lhe para sempre tanto o primeiro florescer de sua primavera quanto toda a sua vida. Aquele que teve a oportunidade de ser testemunha de uma paixão semelhante passou por momentos amargos se amava e não era amado. Sempre me lembrarei daquela atenção inquietante, daquela jovialidade delicada, daquela abnegação ingênua, daquele olhar ainda infantil e já de mulher, daquele sorriso alegre meio que desabrochando, acompanhado de lábios en-

[17] Referência à Batalha de Iena, ocorrida em 14 de outubro de 1806, em que as tropas francesas sob o comando de Napoleão aniquilaram o exército da Prússia. (N. do T.)

treabertos e faces coradas... Tudo que Liza pressentira de forma vaga quando de nosso passeio pelo bosque estava se cumprindo — e ela, entregando-se toda ao amor, ao mesmo tempo se acalmava e cintilava, como um vinho novo que parou de fermentar porque sua hora chegara...

Tive a paciência de suportar aquela primeira noite e as seguintes... até o fim! Não tinha nenhuma esperança. Liza e o príncipe afeiçoavam-se um ao outro cada dia mais e mais... Mas eu havia perdido em definitivo o sentimento de dignidade e não conseguia afastar-me do espetáculo de minha miséria. Recordo-me de que, certa vez, resisti à tentação de ir; de manhã jurara a mim mesmo que ficaria em casa... mas, às oito horas da noite (em geral saía às sete), feito um louco, levantei-me de um salto, coloquei o chapéu e, ofegante, cheguei correndo à sala de estar de Kirilla Matvéitch. Meu comportamento era de todo absurdo: ficava num silêncio atroz, havia dias em que entrava mudo e saía calado. Como já disse, nunca me distingui pela eloquência; mas agora era como se tudo que estivesse em minha mente se evaporasse na presença do príncipe e me vi sem eira nem beira. Ademais, quando estava sozinho, forçava meu miserável cérebro a trabalhar, refletindo com calma sobre tudo o que havia visto e entrevisto no dia anterior, a ponto de, retornando à casa dos Ojóguin, mal ter forças para continuar observando. Notei que me tratavam como um doente. A cada manhã tomava uma resolução nova e definitiva, na maior parte das vezes engendrada com dor no decorrer de uma noite em claro: ora tencionava explicar-me com Liza, dar-lhe um conselho de amigo... mas quando ocorria de estar a sós com ela, de repente minha língua travava como se estivesse congelada, e nós dois esperávamos constrangidos pela vinda de um terceiro; ora queria sumir para sempre, não sem antes deixar uma carta cheia de reprimendas à minha amada, e, certo dia, já começara a escrevê-la, mas o sentimento de justiça dentro de mim ainda não se extinguira de todo: compreendi que não tinha o direito de censurar ninguém no que quer que fosse e atirei a missiva ao fogo; ora, de repente, de forma altruísta, passava a me oferecer em sacrifício, desejava a Liza que fosse feliz no amor e, de meu canto, sorria dócil e amigável para o príncipe — mas aqueles amantes de coração duro não só não me agradeciam pelo sacrifício como sequer o notavam, e, pelo visto, passariam muito bem sem minhas bênçãos e sorrisos... Então, por despeito, de súbito mudava completamente de humor. Jurava a mim mesmo que, coberto com uma capa, tal qual um espanhol, sairia de trás de um beco para apunhalar meu afortunado rival e, com um prazer sanguinário, imaginava o desespero de Liza... Mas, em primeiro lugar, na cidade de O... tais becos são bem raros, e, em segundo, a paliçada de madeira, a lanterna, o guarda da cancela a distância... não! Um beco assim é muito mais apropriado para vender *búbliks*[18] do que para verter sangue humano. Devo confessar que, entre outros meios de salvar Liza, como me expressava de forma muito vaga quando falava com meus botões, tive a ideia de recorrer ao próprio Ojóguin... chamar a atenção desse fidalgo para a delicada situação de sua filha, para as tristes consequências de sua imprudência... Certo dia, inclusive, comecei a lhe falar desse assunto constrangedor, mas eu conduzia a conversa de modo tão vago e nebuloso que ele me ouviu, ouviu e, de repente, meio que sonolento, esfregou o rosto com força e rapidez, sem poupar o nariz, deu um suspiro e se afastou de mim. Nem é necessário dizer que, ao tomar essa decisão, eu estava convencido de que agia com as mais nobres intenções, aspirava pelo bem comum, cumpria com o dever de um amigo da casa... Atrevo-me a pensar que, se Kirilla Matvéitch não tivesse posto um fim ao

[18] Rosquinhas em forma de argola. (N. do T.)

meu desabafo, eu não teria coragem para encerrar meu monólogo. Às vezes, com a presunção digna de um velho sábio, punha-me a examinar as qualidades do príncipe; outras, consolava-me com a esperança de que tudo era assim mesmo, de que Liza tomaria consciência de que seu amor não era o verdadeiro... ah, não! Em suma, não conheço um ponto de vista que não tenha considerado na época. Para ser franco, uma única coisa nunca me passou pela cabeça, a saber: jamais pensei em suicídio. O porquê de não ter cogitado essa opção não sei... Talvez na época já pressentisse que, mesmo sem esse ato, não viveria muito.

É natural que, em condições tão adversas, meu comportamento e a maneira de me relacionar com as pessoas fossem mais do que nunca as mais artificiais e forçadas possíveis. Mesmo a velha Ojóguina — aquela criatura estúpida de nascimento — começou a se esquivar e, por vezes, não sabia como se aproximar de mim. O sempre cortês e prestativo Bizmiónkov me evitava. Já então suspeitava que tinha nele um semelhante, alguém que também amava Liza. Mas ele nunca respondia às minhas indiretas e, em geral, conversava comigo a contragosto. O príncipe se dirigia a ele com toda amabilidade; poder-se-ia dizer que o respeitava. Nem Bizmiónkov nem eu éramos um obstáculo ao príncipe e a Liza; mas ele não se apartava dos dois como eu, não os encarava como lobo nem como vítima e, de bom grado, juntava-se a eles quando o reclamavam. É verdade que nessas ocasiões não se destacava pelos seus gracejos; mas em sua alegria havia algo de sereno.

Assim se passaram cerca de duas semanas. O príncipe não era somente bem-apessoado e inteligente: ele tocava piano, cantava, pintava muito bem e era um bom contador de histórias. Suas anedotas, extraídas da mais alta-roda da capital, sempre causavam forte impressão nos ouvintes, ainda que ele parecesse não dar maior importância...

Como resultado desse expediente simples, durante sua curta estadia na cidade de O..., o príncipe, se é que isso vem ao caso, definitivamente encantou toda a sociedade local. Encantar nossa gente da estepe é sempre muito fácil para um homem da alta-roda. Não há dúvidas de que as constantes visitas do príncipe aos Ojóguin (passava todas as noites com eles) despertaram a inveja de outros senhores nobres e funcionários; mas o príncipe, como homem inteligente e mundano, não se esqueceu de nenhum deles, esteve com todos, tinha pelo menos um galanteio para cada moça e senhora, dava-se ao luxo de pedir pratos requintados e pesados e vinhos intragáveis com nomes magníficos — em suma, comportava-se perfeitamente, com prudência e destreza. Definitivamente, o príncipe N* era um homem de temperamento alegre, sociável e gentil por natureza: como não haveria de obter sucesso em tudo?

Desde o momento de sua chegada, todos na casa acreditavam que o tempo voava a uma velocidade vertiginosa; tudo ia às mil maravilhas; o velho Ojóguin, embora se fizesse de cego, não há dúvidas de que, às escondidas, esfregava as mãos ante a possibilidade de ter tal genro; o próprio príncipe conduzia toda a questão com muita calma e parcimônia quando, de repente, um incidente inesperado...

Até amanhã. Hoje estou cansado. Essas recordações me exasperam, mesmo tendo um pé na cova. Hoje Teriéntevna achou que meu nariz já começou a afinar; dizem que isso é um mau sinal.

27 de março. O degelo prossegue

Tudo se encontrava na situação acima descrita; o príncipe e Liza amavam-se e os velhos Ojóguin aguardavam o desenrolar das coisas; Bizmiónkov fazia-se presente o tempo todo — não há mais o que dizer sobre ele; eu me debatia como um peixe fora d'água e observava com as forças que me restavam; recordo que, naquele momento, tinha como objetivo ao menos impedir que Liza caísse nas garras daquele sedutor e, por isso, passei a prestar uma atenção especial nos criados e na nefasta entrada "dos fundos", ainda que, por outro lado, às vezes passasse noites inteiras sonhando com que generosidade comovente um dia estenderia a mão à vítima traída e lhe diria: "O canalha a enganou, mas continuo sendo seu amigo fiel... esqueçamos o passado e sejamos felizes" — quando, de repente, uma boa notícia espalhou-se pela cidade: o dirigente da província planejava dar um grande baile em homenagem ao ilustre visitante em sua propriedade de Gornostáevka, também conhecida como Gubniákova. Todos os funcionários e autoridades da cidade de O... foram convidados, do prefeito ao boticário, um alemão de uma arrogância[19] incomum, que tinha a atroz pretensão de falar um russo perfeito, devido ao que fazia uso sem parar e completamente fora de propósito de expressões fortes como: "Eu, que o diabo *mim* leve, *roje* sou totalmente um *bébé...*". Como é de praxe em tais ocasiões, surgiram preparativos medonhos. Um comerciante de cosméticos vendeu dezesseis frascos azul-marinho de creme com a inscrição *à la jesminъ*, e com sinal duro no final.[20] As jovens fizeram para si vestidos justos com um corte agoniante e uma saliência no estômago; as mães colocaram nas próprias cabeças adornos horríveis que se passavam por coifas; os pais, que haviam corrido de um lado para outro, estavam, como se diz, mortos de cansa-

[19] No original, *tchiri*, termo do dialeto de Oriol, que comporta também os sentidos de "satisfeito consigo mesmo", "afetado". (N. do T.)

[20] A expressão combina o francês mal grafado (*à la jasmin*, "com odor de jasmin) com o sinal duro (ъ) do alfabeto cirílico russo, que indica a palatalização da consoante anterior. (N. do T.)

ço... O dia tão esperado afinal chegara. Eu estava entre os convidados. Gornostáevka ficava a nove verstas da cidade. Kirilla Matvéitch ofereceu-me um lugar em sua carruagem, mas recusei... Assim agem as crianças castigadas que, desejando vingar-se dos pais, à mesa rejeitam seus pratos favoritos. Ademais, sentia que a minha presença incomodaria Liza. Bizmiónkov substituiu-me. O príncipe foi em sua caleça, e eu em uma *drójki* imprestável que alugara a um preço exorbitante apenas para esse evento solene. Não me porei a descrever esse baile. Nada o diferenciava: no coral, músicos com suas trombetas totalmente desafinadas, proprietários de terra pasmados com seus parentes incorrigíveis, sorvete lilás, *orchad*[21] glutinoso, pessoas com botas surradas e luvas de crochê e algodão, "leões"[22] de província com os rostos convulsamente torcidos etc. etc. E todo esse pequeno mundo girava em torno de seu sol — o príncipe. Perdido na multidão e esquecido até mesmo pelas solteironas de 48 anos com espinhas vermelhas na testa e flores azuis na coroa, eu não parava de olhar ora para o príncipe, ora para Liza. Naquela noite, ela estava muito bonita e bem vestida. Dançaram juntos apenas duas vezes (é claro que ela dançou a mazurca com ele), mas, ao menos para mim, parecia haver alguma ligação secreta e contínua entre os dois. Mesmo sem olhar para Liza e nem falar com ela, era como se ele se dirigisse a ela, somente a ela; ele estava admirável e radiante, e era encantador com todos — mas somente por ela. Pelo visto, Liza tinha consciência de que era a rainha do baile e de que era amada: ao mesmo tempo que seu rosto irradiava uma alegria infantil e

[21] Um refresco de leite de amêndoas com açúcar. (N. do T.)

[22] Expressão que, na década de 1840, designava os janotas, os conquistadores de corações femininos. O termo obteve uma ampla divulgação na Rússia após ser empregado na novela *Leão* (1841), de Vladímir Sollogub (1813-1882). (N. do T.)

um orgulho ingênuo, de repente se iluminava com outro sentimento mais profundo. Ela irradiava felicidade. Notei tudo... Não era a primeira vez que os observava... A princípio, isso me afligiu bastante, depois meio que me feriu e, por fim, deixou-me furioso. De repente, senti muita raiva e recordo ter-me alegrado muito com essa nova sensação e até cheguei a experimentar um certo respeito por mim. "Irei mostrar-lhes que ainda não fui derrotado" — disse a mim mesmo. Quando soaram as primeiras notas da mazurca, olhei com calma ao redor e, com frieza e sem-cerimônia, aproximei-me de uma moça de rosto comprido, nariz vermelho e reluzente, a boca aberta de um modo estranho, como se tivesse sido despregada, e pescoço proeminente, que lembrava a alça de um contrabaixo — aproximei-me dela e, após dar um estalo seco com o salto, convidei-a para dançar. Ela trajava um vestido rosa que parecia recém-reformado, mas não por completo; acima de sua cabeça agitava-se algo parecido a uma mosca esmaecida e triste pousada sobre uma mola grossa de cobre, e, de modo geral, se é possível expressar-se assim, essa jovem estava toda impregnada de certo tédio corrosivo e frustração crônica. Desde o início da noite não saíra do lugar: ninguém pensara em tirá-la para dançar. Na falta de outra dama, um rapaz loiro de dezesseis anos queria se dirigir a essa jovem e já caminhava em sua direção, mas observou, pensou e, ágil, desapareceu na multidão. Imagine com que surpresa radiante ela não aceitou meu convite! Solene, conduzi-a pelo salão, encontrei duas cadeiras e nos sentamos na roda da mazurca como décimo par, quase defronte ao príncipe, a quem, óbvio, concederam o primeiro lugar. Como já disse, o príncipe dançaria com Liza. Nem eu nem minha dama fomos importunados com convites, portanto tivemos tempo suficiente para conversar. Para ser sincero, minha dama não se distinguia pelo dom da oratória: ela empregou sua boca mais para esboçar um sorriso um tanto estranho e para baixo, e que, até então, eu nunca vira; ao mesmo tempo erguia os olhos como se uma força invisível esticasse seu rosto; mas não me fez falta sua eloquência. Felizmente, eu estava com raiva e minha dama não me intimidava. Pus-me a criticar tudo e a todos no mundo, investindo principalmente contra os energúmenos da capital e os almofadinhas petersburgueses, até que, por fim, exaltei-me tanto que minha dama aos poucos deixou de sorrir e, em vez de erguer os olhos, de repente — sem dúvida, devido ao assombro —, começou a olhar de revés e de um modo ainda mais estranho, como se notasse pela primeira vez que havia um nariz em seu rosto; e meu vizinho, um dos leões acima citados, por várias vezes lançou-me o olhar e até se voltou a mim com a expressão de um artista em cena que acorda em um lugar desconhecido, querendo perguntar: "Você por aqui?". Aliás, mesmo falando, como se diz, pelos cotovelos, eu não perdia de vista o príncipe e Liza. A todo momento eram convidados para dançar; mas eu sofria menos quando dançavam e até mesmo quando se sentavam juntos e, conversando um com o outro, sorriam de um jeito tão meigo que o sorriso insistia em não abandonar os rostos dos namorados felizes — até então não era grande o meu tormento; mas quando Liza esvoaçava pelo salão em companhia de um peralvilho qualquer irresponsável, e o príncipe, com o cachecol dela de escumilha azul nos joelhos, a seguia com olhos absortos, como que se deleitando de sua conquista, então, ah, então, sentia uma angústia terrível e, por despeito, deixava escapar umas observações tão caluniosas a ponto de as pupilas da minha dama fixarem-se no nariz. Enquanto isso, a mazurca chegava ao fim... Começaram a encenar uma brincadeira chamada *La Confidente*.[23] Nessa brincadeira uma dama se senta no meio de um círculo, elege outra como con-

[23] Em francês no original, "A confidente". (N. do T.)

fidente e cochicha em seu ouvido o nome do cavalheiro com quem deseja dançar; seu par lhe conduz cada um dos dançarinos, e a dama de confiança vai rejeitando-os até que, por fim, surge o felizardo designado de antemão. Liza sentou-se no meio do círculo e escolheu a filha do anfitrião, uma daquelas jovens de quem se diz: "Que Deus tenha misericórdia!". O príncipe partiu em busca do escolhido. Após apresentar em vão cerca de dez jovens (a filha do anfitrião rejeitou a todos com o mais afável sorriso), ele finalmente se dirigiu a mim. Algo extraordinário se passou comigo naquele instante: todo o meu corpo meio que estremeceu e eu queria recusar, entretanto levantei-me e fui. O príncipe conduziu-me até Liza... Ela sequer olhou para mim; a filha do anfitrião balançou negativamente a cabeça, o príncipe voltou-se a mim e, sem dúvida, estimulado pela expressão de ganso do meu rosto, fez-me uma profunda reverência. Essa reverência jocosa, essa dispensa que me fora repassada pelo meu triunfante rival, seu sorriso desdenhoso, a indiferença de Liza — tudo isso me revoltou... Aproximei-me do príncipe e sussurrei com raiva: "Por acaso o senhor está rindo de mim?".

O príncipe olhou-me com uma surpresa desdenhosa, tornou a pegar-me pelo braço e, deixando transparecer que me conduzia até meu lugar, respondeu-me com frieza: "Eu?".

— Sim, o senhor! — prossegui, sussurrando mas obedecendo-lhe, isto é, seguindo-o até meu lugar. — O senhor mesmo; mas não pretendo permitir que um arrivista fútil petersburguês qualquer...

O príncipe sorriu tranquilo, quase que com indulgência, apertou-me a mão, sussurrou: "Compreendo-o; mas aqui não é lugar para isso: conversaremos mais tarde", afastou-se de mim, aproximou-se de Bizmiónkov e o levou a Liza. O funcionariozinho pálido calhou de ser o eleito. Liza levantou-se e foi ao seu encontro.

Ao me sentar junto de minha dama com uma mosca triste na cabeça, sentia-me quase um herói. Meu coração batia com força, o peito arfava altivo sob o peitilho engomado, eu respirava fundo e rápido — e, de repente, deitei um olhar tão esplêndido para o meu vizinho leão a ponto de ele não evitar um tremor nos pés voltados em minha direção. Após fulminar esse sujeito, olhei ao redor do círculo de dançarinos... Pareceu-me que dois ou três senhores olhavam-me com certa perplexidade; mas, em geral, minha conversa com o príncipe passara despercebida... Meu rival já estava sentado em sua cadeira, todo sereno e com o sorriso de antes no rosto. Bizmiónkov acompanhou Liza até seu lugar. Ela lhe agradeceu educadamente e, em seguida, dirigiu-se ao príncipe um tanto inquieta, segundo pareceu-me; mas, em resposta, ele riu para ela, agitou o braço cheio de graça e, sem dúvida, disse-lhe algo bem agradável, pois ela ficou toda corada de alegria, baixou os olhos e depois voltou a fixá-los nele com uma censura carinhosa.

O entusiasmo heroico que de repente tomou conta de mim não me abandonou até o fim da mazurca; mas eu já não fazia gracejos nem "criticava", apenas uma vez ou outra deitava um olhar sombrio e severo para a minha dama, que começava, visivelmente, a ficar com receio de mim e já gaguejava toda, piscando sem parar, quando a deixei sob os cuidados naturais de sua mãe, uma senhora bastante gorda com enfeite roxo na cabeça... Após confiar a atemorizada jovem a quem de direito, cheguei-me à janela, cruzei os braços e passei a esperar pelo que viria. Esperei um bom par de horas. Por todo o tempo, o príncipe se viu cercado pelo anfitrião, assim como a Inglaterra é cercada pelo mar, sem falar nos outros membros da família do dirigente da província e demais convidados; além disso, o príncipe mal podia aproximar-se de um sujeito tão insignificante como eu para conversar sem que suscitasse uma comoção geral. Recordo que essa minha insignificância até me alegrou no momento. "Aproveite" —

pensei, observando a delicadeza com que se dirigia a cada uma das figuras de respeito que não media esforços para ter a honra de ser notada por ele, ainda que "por um instante", como dizem os poetas —, "aproveite, meu caro... Ainda precisará de mim e, então, acabarei com você." Por fim, após se livrar da multidão de admiradores até com uma certa desenvoltura, o príncipe passou diante de mim, deitou um olhar — ou para a janela ou para o meu cabelo —, virou-se e, de repente, deteve-se como se recordasse de algo.

— Ah, sim! — disse, dirigindo-se a mim com um sorriso. — A propósito, tenho um assuntinho a tratar com o senhor.

Dois senhores de terra, dos mais inconvenientes, que seguiam o príncipe com insistência, provavelmente pensaram que o "assuntinho" se referia a negócios e retiraram-se educadamente. O príncipe tomou-me pelo braço e levou-me a um canto. Meu coração saía pela boca.

— Parece que o senhor — começou, prolongando a palavra "senhor" e olhando-me no queixo com uma expressão de desprezo que, de um modo estranho, tornava ainda melhor seu rosto conservado e belo — me disse uma grosseria.

— Eu disse o que pensava — retruquei, elevando a voz.

— *Schh*... mais baixo — disse —, pessoas decentes não gritam. Talvez seja seu desejo bater-se comigo?

— Isso é problema seu — respondi, pondo-me ereto.

— Serei obrigado a desafiá-lo — disse com desdém —, caso não volte atrás em suas colocações...

— Não pretendo voltar atrás em nada — retruquei, orgulhoso.

— Mesmo? — respondeu, não sem um sorriso de escárnio. — Nesse caso — prosseguiu após se calar —, terei a honra de lhe enviar meu padrinho amanhã.

— Perfeito, senhor — disse com o tom mais indiferente possível.

O príncipe inclinou-se de leve.

— Não posso impedi-lo de me considerar um homem fútil — acrescentou, soberbo, contraindo os olhos —, mas os príncipes N* não podem ser chamados de arrivistas. Até logo, senhor... senhor Chtukatúrin.[24]

De pronto, virou as costas para mim e voltou a se aproximar do anfitrião, que já começava a se inquietar.

Senhor Chtukatúrin!... Meu nome é Tchulkatúrin... Não encontrei uma resposta a esse último insulto e, com raiva, apenas o segui com o olhar. "Até amanhã" — sussurrei com os dentes cerrados e, no mesmo instante, deparei-me com um oficial conhecido meu, o capitão de cavalaria ulano Koloberdiáev, um farrista inveterado e boa gente; contei-lhe em poucas palavras minha discussão com o príncipe e lhe pedi para ser meu padrinho. É claro que aceitou na mesma hora e voltei para casa.

Não consegui pregar o olho a noite inteira — de tão agitado, não por covardia. Não sou um covarde. Inclusive, nem pensei muito na iminente possibilidade de perder a vida, sendo esta, como fazem crer os alemães, o tesouro mais precioso na Terra. Pensava apenas em Liza, nas minhas esperanças frustradas e no que deveria fazer. "Devo realmente tentar matar o príncipe?" — perguntava a mim mesmo e, sem dúvida, queria matá-lo, não por vingança, mas pelo bem de Liza. "Mas ela não suportará tal golpe" — prossegui. — "Não, o melhor é que ele me mate!" Reconheço que também me agradava pensar que eu, um provinciano obscuro, obrigava um sujeito tão importante a se bater comigo.

A manhã me surpreendeu nessas reflexões e, em seguida, apareceu Koloberdiáev.

[24] Formado a partir de *chtuka*, que significa "coisa", "treco". A palavra também pode ter o sentido de "raposa velha". (N. do T.)

— Então — perguntou-me, entrando com estrondo em meu quarto —, onde é que está o padrinho do príncipe?

— Desculpe — respondi irritado —, mas agora são sete horas da manhã; sem dúvida o príncipe ainda está dormindo.

— Nesse caso — retrucou o persistente capitão de cavalaria —, peça para que me sirvam um chá. Estou com dor de cabeça desde ontem à noite... Nem me troquei. Se bem que — acrescentou após bocejar — é muito raro eu me trocar.

Serviram-lhe chá. Tomou seis copos com rum, fumou quatro charutos, disse-me que, na véspera, comprara por uma pechincha um cavalo que uns cocheiros haviam rejeitado e que pretendia domá-lo depois que atasse uma das patas da frente e, sem se despir, adormeceu no divã com um charuto na boca. Levantei-me e pus em ordem meus papéis. Um cartão de convite de Liza, o único que me enviara, já o havia colocado sobre o peito, mas pensei melhor e o joguei numa gaveta. Com a cabeça pendendo da almofada de couro, Koloberdiáev ressonava de leve... Recordo que, por um bom tempo, fiquei observando seu rosto hirsuto, ousado, despreocupado e bondoso. Às dez horas meu criado anunciou a chegada de Bizmiónkov. O príncipe o escolhera como padrinho!

Despertamos o capitão, que dormia a sono alto. Ele soergueu-se, fitou-nos com olhos sonolentos, pediu vodca com uma voz rouca, recompôs-se e, tendo cumprimentado Bizmiónkov, acompanhou-o a outro aposento a fim de confabular. A reunião dos senhores padrinhos não durou muito. Passado um quarto de hora, ambos entraram no meu quarto; Koloberdiáev informou-me que “iremos nos bater hoje mesmo, às três horas, com pistolas”. Em silêncio, inclinei a cabeça em sinal de aprovação. No mesmo instante, Bizmiónkov despediu-se de nós e partiu. Estava um tanto pálido e inquieto por dentro, como um homem não habituado a semelhante tipo de velhacaria, mas que, ainda assim, mostra-se bastante educado e impassível. Sentia-me meio que envergonhado em sua presença e não me atrevi a olhá-lo nos olhos. Koloberdiáev voltou a falar de seu cavalo. Esse assunto me vinha muito a calhar. Temia que ele mencionasse Liza. Mas meu bom capitão não era um enxerido e, além disso, menosprezava todas as mulheres, chamando-as, sabe Deus por quê, de alface. Às duas horas lambiscamos alguma coisa e às três já nos encontrávamos no local combinado — naquele mesmo bosque de bétulas onde, outrora, passeara com Liza, a dois passos daquela ribanceira.

Fomos os primeiros a chegar. Mas o príncipe e Bizmiónkov não se fizeram por esperar muito. Sem exagero, o príncipe estava vicejante como uma rosa: sob a aba de seu quepe, seus olhos castanhos miravam de um modo esplêndido e afável. Fumava um cigarro de palha e, ao avistar Koloberdiáev, apertou-lhe a mão de forma amigável. Até para mim inclinou-se com muita amabilidade. Eu, ao contrário, sentia-me pálido e minhas mãos tremiam ligeiramente devido ao meu enorme nervosismo... a garganta estava seca... Até então nunca me batera em duelo. "Oh, Deus!" — pensei. — "Que esse senhor bufão não tome minha excitação por medo!" Por dentro, mandava os meus nervos para o inferno; mas, por fim, ao olhar para o príncipe bem no rosto e ver em seus lábios um sorriso quase imperceptível, de repente voltei a me encolerizar e em seguida me acalmei. Enquanto isso, nossos padrinhos fizeram uma barreira, contaram os passos e carregaram as pistolas. Koloberdiáev era o mais agitado; Bizmiónkov limitava-se mais a observá-lo. O dia estava maravilhoso — não pior que o do inesquecível passeio. Como antes, o azul intenso do céu transparecia por entre o verde dourado das folhas. Parecia que o farfalhar delas irritava-me. Com o ombro apoiado ao tronco de uma jovem tília, o príncipe continuava fumando seu cigarro...

— Queiram assumir suas posições, senhores: está tudo pronto — proferiu Koloberdiáev por fim, entregando-nos as pistolas.

O príncipe deu alguns passos, parou e, voltando a cabeça, perguntou: "O senhor não irá se retratar?". Queria responder-lhe, mas faltou-me voz e me limitei a um gesto desdenhoso com a mão. O príncipe tornou a sorrir e ocupou seu posto. Começamos a nos aproximar. Ergui a pistola, apontei para o peito do meu inimigo — naquele momento, era como se ele fosse meu inimigo — mas, de repente, ergui a mira como se alguém tivesse me empurrado o cotovelo e disparei. O príncipe cambaleou e levou a mão esquerda à fronte esquerda — um filete de sangue escorria-lhe pelo rosto sob a luva branca de camurça. Bizmiónkov saiu-lhe em socorro.

— Não foi nada — disse, tirando o quepe perfurado pela bala —, se atingiu a cabeça e eu não caí é porque foi só de raspão.

Com calma, tirou um lenço de cambraia do bolso e o levou às mechas empapadas de sangue. Olhava para ele como que petrificado e sem me mover.

— Queira se colocar na barreira! — disse-me Koloberdiáev em tom severo.

Obedeci.

— O duelo continua? — acrescentou, dirigindo-se a Bizmiónkov.

Bizmiónkov nada lhe respondeu; mas o príncipe, sem tirar o lenço do ferimento e dar-se o prazer de me torturar na barreira, replicou, sorrindo: "O duelo acabou", e disparou no ar. Por pouco não chorei de desgosto e raiva. Com sua magnanimidade, aquele homem fez-me em frangalhos, apunhalou-me. Eu queria resistir, obrigá-lo a atirar em mim; mas ele aproximou-se e estendeu-me a mão.

— Que tudo fique entre nós, está bem? — proferiu num tom afável.

Olhei-o no rosto empalidecido, para aquele lenço ensanguentado e apertei-lhe a mão completamente desconcertado, envergonhado e aniquilado...

— Senhores — acrescentou, dirigindo-se aos padrinhos —, posso confiar que tudo ficará em segredo?

— Sem dúvida! — exclamou Koloberdiáev. — Mas permita-me, príncipe...

E ele mesmo atou-lhe a cabeça.

Ao partir, o príncipe voltou a se inclinar diante de mim; mas Bizmiónkov sequer me olhou. Abalado — moralmente abalado —, voltei para casa com Koloberdiáev.

— Mas o que há com você? — perguntou-me meu padrinho. — Não se preocupe: o ferimento não foi grave. Amanhã ele já poderá dançar se quiser. Ou está lamentando não o ter matado? Nesse caso, faz mal: é um bom rapaz.

— Por que ele me poupou? — murmurei finalmente.

— Então é isso! — retrucou meu padrinho com calma... — Ah, valha-me, esses literatos!

Não sei por que deu-lhe de me chamar de literato.

Em definitivo, recuso-me a descrever meus tormentos durante a noite que se seguiu àquele malfadado duelo. Minha autoestima foi lá embaixo. Não era a consciência que me atormentava: aniquilava-me o reconhecimento de minha estupidez. "Eu, eu mesmo, desferi-me o golpe derradeiro e definitivo!" — repetia, andando a passos largos pelo quarto. — "Feri o príncipe e ele me perdoou... sim, agora Liza é sua. Agora não há nada que se possa fazer para salvá-la, detê-la à beira do abismo." Sabia muito bem que nosso duelo não seria mantido em segredo, apesar das palavras do príncipe; em todo caso, ele não conseguiria esconder de Liza. "O príncipe não é tão ingênuo" — murmurava com raiva — "para não tirar proveito..." No entanto, equivocava-me: a cidade inteira veio a saber do duelo e de seu verdadeiro motivo já no dia seguinte; mas não foi o príncipe que dera com a língua nos dentes, ao contrário; quando apareceu diante de Liza com a cabeça atada e um pretexto qualquer, ela já sabia de tudo... Se Bizmiónkov havia me delatado, se essa notícia lhe chegara por outras vias, não sei dizer. Além do mais, é possível guardar um segredo em uma cidade pequena? Já pode imaginar como Liza não a recebeu, como toda a família Ojóguin não a recebeu! Quanto a mim, de repente tornei-me objeto de indignação e repulsa geral, um monstro, um ciumento desequilibrado e um canibal. Meus poucos conhecidos afastaram-se de mim como de um leproso. As autoridades municipais não tardaram em levar ao príncipe a sugestão de me castigar exemplar e severamente; somente os pedidos insistentes e constantes do próprio príncipe impediram que uma desgraça caísse sobre minha cabeça. Parecia que aquele homem jurara destruir-me de todas as formas. Com sua generosidade, cerrou-me com uma tampa de caixão. Nem é preciso dizer que, no mesmo instante, a casa dos Ojóguin fechou-me suas portas. Kirilla Matvéitch devolveu-me até o lápis simples que eu já havia esquecido. Na verdade, ele era o que menos direito tinha de se zangar comigo. Meu ciúme "doentio", como se dizia na cidade, havia definido e tornado claras, por assim dizer, as relações do príncipe com Liza. Tanto os velhos Ojóguin como os demais cidadãos começaram a enxergá-lo quase que como um noivo. Na realidade, isso não lhe devia ser de todo agradável; mas ele gostava muito de Liza; ademais, naquele momento ainda não concluíra seu trabalho... Com toda a destreza de um homem inteligente e mundano, acomodou-se em sua nova situação e, de imediato, como se diz, encarnou seu novo papel...

E eu... Naquele momento larguei mão de mim mesmo e do meu futuro. Quando o sofrimento chega a ponto de fazer nosso interior estalar e gemer como uma telega abarrotada, convém deixar de bancar o ridículo... mas não! O riso não apenas acompanha as lágrimas até o fim, até a exaustão, até onde não seja mais possível vertê-las; ele ainda tilinta e ressoa, lá onde a língua emudece e a própria queixa se extingue... Por isso, em primeiro lugar, como não tenho intenção de parecer ridículo e, em segundo lugar, como estou terrivelmente cansado, deixo, então, a sequência e, se Deus quiser, o término de minha história para o dia seguinte...

29 de março. Um friozinho leve; ontem houve degelo

Ontem não tive forças para prosseguir com meu diário: como Popríschin,[25] passei a maior parte do tempo deitado na cama e conversando com Teriéntevna. Mas que mulher! Há sessenta anos perdeu seu primeiro noivo para a peste, sobreviveu a todos os filhos, ela mesma está imperdoavelmente velha, bebe chá até não poder mais e não passa fome nem frio; mas, você deve estar pensando, sobre o que ela ficou falando comigo ontem o dia inteiro? Eu já havia mandado enviar como colete, a uma outra velha totalmente depauperada (ela carrega peitilhos que se passam por colete), a gola de uma velha libré corroída até a metade pelas traças... e por que não dei a ela? "Acho que sou sua aia... Oh, meu paizinho, é até um pecado... depois de tudo que fiz *pro* senhor! etc..." A velha rabugenta esgotou-me por completo com suas reprimendas. Mas retornemos à história.

E assim sofri como um cão cuja parte posterior do corpo foi trespassada por uma roda. Só então, só depois de minha expulsão da casa dos Ojóguin, é que definitivamente dei-me conta do prazer que um homem pode extrair da contemplação de sua própria desgraça. Oh, homens! Sem dúvida,

[25] Personagem de "Diário de um louco" (1835), de Nikolai Gógol (1809-1852). Nas anotações de 4 de outubro, Popríschin diz: "Em casa, passei a maior parte do tempo deitado na cama". (N. do T.)

sois uma espécie miserável!... Mas chega de especulações filosóficas... Passei aqueles dias na mais absoluta solidão e somente por vias indiretas e até mesmo sórdidas conseguia inteirar-me do que ocorria no lar dos Ojóguin e do que o príncipe fazia: meu criado travara conhecimento com a tia-avó da esposa de seu cocheiro. Essa amizade proporcionou-me algum alívio, e meu criado, estimulado por minhas alusões e por presentinhos, logo deduziu que, à noite, deveria conversar com seu senhor enquanto lhe tirava as botas. Às vezes acontecia de encontrar na rua alguém da família dos Ojóguin, Bizmiónkov, o príncipe... Cumprimentava o príncipe e Bizmiónkov, mas não parava para conversar. Vi Liza apenas três vezes: na primeira estava com a mãe numa loja de roupas; na segunda, numa carruagem aberta acompanhada do pai, da mãe e do príncipe; e na última estava na igreja. Claro que não me atrevi a me aproximar dela e fiquei observando-a apenas a distância. Na loja, estava muito preocupada, mas feliz... Encomendava alguma coisa para si e, inquieta, experimentava umas fitas. A mãe a contemplava de braços cruzados sobre o colo, nariz empinado e aquele sorriso estúpido e devotado que só é admissível às mães amorosas. Na carruagem com o príncipe, Liza estava... Nunca me esquecerei daquele encontro! Os velhos Ojóguin estavam sentados no banco de trás da carruagem e o príncipe e Liza no da frente. Estava mais pálida que de costume; em suas faces distinguiam-se dois tracinhos rosas. Estava com a metade do corpo voltada para o príncipe; apoiando-se em seu braço direito esticado (na mão esquerda carregava uma sombrinha) e com a cabeça graciosamente inclinada, ela o contemplava diretamente no rosto com seu olhar expressivo. Naquele momento, entregava-se toda a ele, confiava-lhe seu destino. Não consegui reparar direito no rosto dele — a carruagem passara muito rápido —, mas pareceu-me que estava profundamente emocionado.

Na terceira vez, vi-a na igreja. Não mais de dez dias haviam passado desde que a encontrara na carruagem com o príncipe, não mais de três semanas do dia do duelo. O assunto pelo qual o príncipe viera a O... já se concluíra, mas ele ia postergando o retorno; escreveu a Petersburgo alegando estar enfermo. Na cidade, a cada dia esperavam de sua parte um pedido formal a Kirilla Matvéitch. Eu mesmo aguardava apenas esse último golpe para desaparecer para sempre. A cidade de O... dava-me asco. Não conseguia ficar em casa e perambulava pelos arredores de manhã até a noite. Num dia nublado e escuro, retornando de uma caminhada interrompida pela chuva, entrei na igreja. A missa da tarde acabara de começar e não havia muita gente; olhei ao redor e, de repente, vi junto à janela uma figura que não me era estranha. De início, não a reconheci: aquele rosto pálido, aquele olhar apagado, aquelas faces cavadas — acaso se tratava da mesma Liza que vira há duas semanas? Envolta em um casaco, sem chapéu, iluminada de lado pela luz fria que vinha de uma janela ampla e branca, ela olhava fixo para a iconóstase e parecia esforçar-se para rezar e sair de algum desânimo triste. Um cossaco baixo de faces coradas e gordo, com cartuchos amarelos no peito, estava atrás dela com as mãos para trás e observava sua senhora com um assombro modorrento. Estremeci todo, queria aproximar-me dela, mas contive-me. Um pressentimento terrível confrangia-me o peito. Até o fim da missa, Liza não se moveu. Todos foram embora, o sacristão começou a varrer a igreja, e ela sequer se mexeu do lugar. O pequeno cossaco aproximou-se dela, disse-lhe algo e roçou de leve em seu vestido; ela olhou para trás, passou a mão no rosto e saiu. De longe, segui-a até a sua casa e retornei à minha.

"Está perdida!" — exclamei, ao entrar nos meus aposentos.

Para ser honesto, até hoje ignoro que tipo de sensação experimentei naquele momento; recordo que, de braços cruzados, atirei-me ao divã e fixei os olhos no chão; mas, não sei, em meio à tristeza, parecia alegrar-me com alguma coisa... Por nada no mundo reconheceria isso se não escrevesse somente para mim... De fato, pressentimentos terríveis e pungentes dilaceravam-me... e quem sabe, talvez, se não ficaria de todo perplexo caso eles não se cumprissem? "Assim é o coração do homem!" — exclamaria hoje com sua voz eloquente qualquer professor russo de meia-idade, com seu grosso dedo indicador em riste, ornado com um anel de cornalina;[26] mas o que nos importa a opinião de um professor russo com voz eloquente e cornalina no dedo?

De qualquer maneira, meus pressentimentos mostraram-se corretos. De repente uma notícia se espalhou pela cidade: o príncipe partira devido a uma ordem recebida de Petersburgo sem fazer qualquer pedido a Kirilla Matvéitch nem a sua consorte, e a Liza só restaria lamentar sua traição pelo resto da vida. A partida do príncipe foi de todo inesperada, pois, um dia antes, segundo meu criado, seu cocheiro não desconfiara de nada acerca das intenções de seu senhor. Essa notícia provocou-me febre; no mesmo instante, vesti-me e já ia correndo em direção à casa dos Ojóguin, mas, tendo pensado no assunto, considerei mais apropriado esperar até o dia seguinte. Além do quê, não perdi nada ao ficar em casa. Nessa mesma tarde, veio ver-me um tal de Pandopipópoulos, um grego que estava de passagem e que, por algum motivo, demorava-se na cidade de O..., um enxerido do mais alto grau, que, mais que todos, ardera de indignação comigo devido ao duelo com o príncipe. Sequer deu tempo ao meu criado de anunciá-lo, tal a forma como irrompeu no meu quarto, apertou-me a mão com força, pediu mil desculpas, chamou-me modelo de generosidade e coragem, pintou o prín-

[26] Pedra semipreciosa de tonalidade avermelhada, da família da calcedônia. (N. do T.)

cipe das piores cores possíveis e não poupou os velhos Ojóguin, a quem, na sua opinião, o destino punira de forma merecida; de passagem, referiu-se também a Liza e foi embora, não sem antes beijar-me no ombro. Entre outras coisas, soube dele que o príncipe, *en vrai grand seigneur*,[27] na véspera de sua partida, em resposta a uma alusão discreta de Kirilla Matvéitch, dissera com frieza que não tinha a intenção de ludibriar ninguém e que não pensava em se casar; levantou-se, fez uma reverência e isso foi tudo...

No dia seguinte, dirigi-me à casa dos Ojóguin. Ao me ver, o lacaio míope saltou do banco com a rapidez de um raio; mandei-o anunciar-me. O lacaio foi correndo e retornou em seguida: "Por favor", disse, "estão à sua espera". Entrei no gabinete de Kirilla Matvéitch... Até amanhã.

30 de março. Frio

E assim entrei no gabinete de Kirilla Matvéitch. Daria tudo a quem conseguisse mostrar-me hoje meu próprio rosto no instante em que aquele funcionário respeitado, tendo fechado às pressas seu roupão de seda de Bucara,[28] aproximou-se de mim de braços abertos. Sem dúvida, um triunfo discreto, uma brandura indulgente e uma magnanimidade infinita emanavam de mim... Sentia-me como Cipião, o Africano.[29] Ojóguin estava visivelmente desnorteado e desconsolado, evitava meu olhar e se mexia sem arredar pé de onde es-

[27] Em francês no original, "à maneira de um verdadeiro grão-senhor". (N. do T.)

[28] Bucara, outrora capital do império Uzbeque e localidade importante na antiga Rota da Seda. (N. do T.)

[29] General e estadista romano, célebre por derrotar Aníbal na Batalha de Zama, em 202 a.C. (N. do T.)

tava. Também notei que falava um tanto alto e afetado, e, de um modo geral, expressava-se de forma muito confusa; também de forma muito confusa mas com entusiasmo, pediu-me perdão, mencionou o visitante que se fora, acrescentou algumas observações gerais e vagas acerca da ilusão e da efemeridade das coisas terrenas e, de repente, ao sentir lágrimas nos olhos, apressou-se a inalar rapé, sem dúvida para disfarçar acerca do motivo que o fazia chorar... Usava o rapé verde russo e sabe-se que essa planta faz até mesmo os mais velhos verterem lágrimas, através das quais o olhar do homem adquire por alguns instantes uma expressão tola e estúpida. É claro que tratei o velho com toda a delicadeza, perguntei acerca da saúde de sua esposa e da filha, e, no mesmo instante, com destreza ele desviou o assunto para a interessante questão da rotação de culturas. Eu estava vestido como de costume, mas um sentimento de decoro afável e dócil indulgência que tomou conta de mim causava-me uma sensação de alegria e frescor, como se eu estivesse de colete e gravata branca. Apenas uma coisa me inquietava: a possibilidade de me encontrar com Liza. Por fim, o próprio Ojóguin se ofereceu para me conduzir até sua esposa. De início, aquela mulher bondosa, mas simplória, ficou extremamente envergonhada ao me ver; mas seu cérebro não era capaz de conservar uma mesma impressão por muito tempo, por isso logo se acalmou. Por fim, vi Liza... Ela entrou na sala...

Esperava encontrar uma pecadora arrependida e envergonhada e, já de antemão, adotei a expressão mais terna e afetuosa... Para que mentir? De fato, eu a amava e almejava o prazer de perdoar e lhe estender a mão; mas, para minha grande surpresa, em resposta à minha expressiva reverência, ela desatou a rir com frieza e observou indiferente: "Ah, é o senhor?" — e, no mesmo instante, voltou-me as costas. A verdade é que sua risada pareceu-me forçada e, em todo caso, não conciliava com seu rosto todo definhado... ainda assim, não esperava tal recepção... Pasmo, olhei para ela... que transformação lhe ocorrera! Não havia nada em comum entre a criança de outrora e aquela mulher. Era como se tivesse crescido e se aprumado; todos os traços de seu rosto, sobretudo os lábios, pareciam ter se definido... o olhar ficou mais profundo, firme e sombrio. Fiquei na casa dos Ojóguin até o almoço; ela se levantava, saía da sala, retornava, respondia às perguntas com calma e, intencionalmente, não me dava atenção. Vi que queria fazer-me sentir que eu sequer era digno de sua raiva, ainda que por pouco não tenha matado seu amante. Por fim, perdi a paciência: uma indireta mordaz escapou-me dos lábios... Ela estremeceu, olhou-me rápido, levantou-se e, tendo se aproximado da janela, proferiu com a voz um tanto trêmula: "O senhor pode falar o que quiser, mas saiba que eu amo aquele homem e sempre o amarei, e de forma alguma julgo-o culpado perante mim, ao contrário...". Sua voz começou a se embargar, ela parou, queria se segurar mas não conseguiu, desfez-se em prantos e saiu da sala... Os velhos Ojóguin ficaram desconcertados... Apertei-lhes a mão, respirei fundo, ergui os olhos e me retirei.

Estou muito fraco, resta-me pouquíssimo tempo, não me encontro em condições de descrever com a exatidão de antes essa nova gama de pensamentos angustiantes, de convicções firmes e demais frutos do chamado conflito interno que me ocorreram após o restabelecimento de minha relação com os Ojóguin. Não tinha dúvidas de que Liza ainda amava e amaria por muito tempo o príncipe... mas, como um homem vencido pelas circunstâncias e resignado, eu sequer sonhava com seu amor: desejava unicamente sua amizade, ganhar seu respeito e confiança, o que, segundo pessoas experientes, são considerados os alicerces mais sólidos de um casamento feliz... Lamentavelmente não levei em conta um detalhe de extrema importância: Liza tomou-se de ódio por mim desde o dia do duelo. Inteirei-me disso já muito tarde.

Comecei a frequentar a casa dos Ojóguin como antes. Kirilla Matvéitch agradava-me e me tratava como nunca o fizera. Inclusive, tenho motivos de sobra para pensar que, naquele momento, ele me concederia a mão da sua filha de bom grado, ainda que eu fosse um noivo medíocre: a opinião pública condenava-o tanto quanto a Liza; em compensação, elevava-me às alturas. A atitude dela para comigo não se alterara: permanecia calada a maior parte do tempo, obedecia quando lhe pediam para comer e não dava nenhum sinal aparente de mágoa, mas, ainda assim, consumia-se como uma vela. É preciso ser justo com Kirilla Matvéitch: fez tudo o que pôde para confortá-la; a velha Ojóguina limitava-se a se exasperar contemplando sua pobre filhinha. Somente uma pessoa Liza não evitava: Bizmiónkov, ainda que também não lhe falasse muito. Os velhos Ojóguin eram ríspidos e até grosseiros com ele: não conseguiam perdoar-lhe pelo seu papel de padrinho; mas ele continuou a frequentá-los, como se não notasse a inconveniência. Agia com muita frieza comigo, e — coisa estranha — era como se eu o temesse. Isso se prolongou por cerca de duas semanas. Por fim, depois de uma noite em claro, resolvi explicar-me com Liza, abrir-lhe o coração, dizer-lhe que, apesar do passado, apesar de toda sorte de boatos e mexericos, considerar-me-ia bastante honrado caso ela me concedesse sua mão e tornasse a confiar em mim. Juro que acreditava seriamente dar, como dizem as crestomatias, um exemplo extraordinário de magnanimidade, e que, só pela surpresa, ela consentiria. Em todo caso, queria explicar-me com ela e, por fim, livrar-me daquela incerteza.

Detrás da casa dos Ojóguin havia um jardim bastante extenso, que levava a um bosquezinho de tílias abandonado e encoberto pelo mato. No meio desse bosque erguia-se um pavilhão antigo ao estilo chinês; um cercado de madeira separava o jardim daquele rincão selvagem. Às vezes Liza andava sozinha nesse jardim por horas a fio. Kirilla Matvéitch sabia disso e determinou que não a incomodassem nem a seguissem: "Que isso ajude a abrandar sua dor", dizia. Quando não a encontravam em casa, bastava tocar a sineta do terraço antes do almoço para que ela surgisse em seguida com o mesmo silêncio obstinado nos lábios e no olhar e com alguma folhinha amassada nas mãos. Certa vez, ao notar que ela não estava em casa, dei a entender que tencionava ir embora, despedi-me de Kirilla Matvéitch, pus o chapéu e saí do vestíbulo para o pátio e deste para a rua, mas em seguida voltei para trás com toda rapidez, esgueirei-me pelo portão e, passando diante da cozinha, penetrei no jardim. Felizmente ninguém me notou. Sem pensar muito, entrei no bosque a passos ligeiros. Diante de mim, numa vereda, estava Liza. O coração batia-me com força. Parei, respirei fundo e já pretendia aproximar-me dela quando, de repente, sem se voltar, ela ergueu a mão e pôs-se a escutar... Detrás das árvores, na direção do rincão, ecoaram claramente duas pancadas, como se alguém batesse no portão. Liza bateu palmas, um leve rangido da cancela soou e, do matagal, saiu Bizmiónkov. Com destreza, escondi-me atrás de uma árvore. Liza dirigiu-se a ele em silêncio... Em silêncio, ele pegou-a na mão e ambos caminharam lentamente pela vereda. Pasmo, fiquei observando-os. Detiveram-se, olharam ao redor, desapareceram nos arbustos, tornaram a aparecer e, por fim, entraram no pavilhão. Era um pavilhão redondo, uma estrutura minúscula com uma porta e uma janela pequena; no centro havia uma mesa antiga de apenas um pé e coberta por um musgo fino e verde; dois pequenos divãs de tábua, desbotados, estavam dos dois lados e a uma certa distância das paredes umedecidas e escuras. Nos dias mais quentes, num passado remoto e talvez uma vez por ano, bebia-se chá ali. A porta não se fechava de todo, o caixilho da janela caíra há muito e, enganchado em um de seus ângulos, pendia triste como a asa quebrada de um passarinho. Com cuidado, aproximei-me em surdina do pavilhão e espiei pela fresta da janela. Liza, de cabeça baixa, estava sentada em um dos divãs; sua mão direita pousava no joelho e Bizmiónkov mantinha a esquerda entre as suas. Contemplava-a com compaixão.

— Como a senhora está se sentindo hoje? — perguntou-lhe a meia-voz.

— Do mesmo jeito — replicou —, nem pior nem melhor. Sinto um vazio, um vazio terrível! — acrescentou, erguendo os olhos com toda tristeza.

Bizmiónkov nada lhe respondeu.

— Acha — prosseguiu ela — que ele tornará a me escrever?

— Acho que não, Lizavieta Kiríllovna!

Ela ficou calada.

— Em todo caso, para que escreveria? Ele me disse tudo em sua primeira carta. Eu não poderia ser sua esposa; mas fui feliz... por pouco tempo... fui feliz.

Bizmiónkov baixou a cabeça.

— Ah — prosseguiu ela com vivacidade —, se soubesse como esse Tchulkatúrin me é repugnante... Parece que vejo nas mãos desse homem... o sangue dele (estremeci detrás da fresta). Por outro lado — acrescentou com ar pensativo —, quem sabe, talvez, não fosse aquele duelo... Ah, quando o vi ferido, no mesmo instante senti que era toda sua.

— Tchulkatúrin a ama — observou Bizmiónkov.

— E o que isso me importa? Acaso preciso do amor de alguém?... — deteve-se e acrescentou devagar: — Exceto o seu. Sim, meu amigo, seu amor me é indispensável: estaria perdida se não fosse o senhor. Tem-me ajudado a suportar momentos terríveis...

Calou-se... Bizmiónkov começou a lhe acariciar a mão com uma ternura paternal.

— O que fazer, o que fazer, Lizavieta Kiríllovna? — repetiu várias vezes seguidas.

— Agora mesmo — proferiu com voz surda —, parece que eu morreria se não fosse o senhor. É o único que me apoia; além disso, faz-me lembrar dele... Mas o senhor já sabia de tudo. Lembra como ele foi simpático naquele dia?... Mas perdoe-me: deve lhe ser difícil...

— Continue, continue! Que bobagem! Não se preocupe! — interrompeu-a Bizmiónkov.

Ela apertou-lhe a mão.

— O senhor é muito bom, Bizmiónkov — prosseguiu —, bom como um anjo. O que fazer? Sinto que o amarei até a morte. Eu lhe perdoo, sou grata a ele. Que Deus o faça muito feliz! Que lhe dê a esposa que merece! — seus olhos se encheram de lágrimas. — Contanto que não se esqueça de mim, que, de quando em quando, lembre-se de sua Liza... Vamos — acrescentou depois de um curto silêncio.

Bizmiónkov levou-lhe a mão aos lábios.

— Sei — ela começou a falar com entusiasmo — que agora todos me culpam e me jogam pedras. Que seja! Apesar de tudo, não trocaria minha desgraça pela felicidade deles... Não! Não!... Ele me amou por pouco tempo, mas me amou! Não me iludiu: nunca me disse que eu seria sua esposa; eu mesma nunca pensei em sê-lo. Somente o pobre do papai alimentava esperanças. E, mesmo agora, não me sinto totalmente infeliz: restaram-me as lembranças e, por mais terríveis que sejam as consequências... Está muito abafado... Foi aqui que o vi pela última vez... Vamos tomar um pouco de ar.

Levantaram-se. Mal tive tempo de pular para o lado e me ocultar atrás de uma tília grossa. Saíram do pavilhão e, pelo que pude julgar pelo ruído de seus passos, foram para o bosque. Não sei por quanto tempo fiquei ali, sem sair do lugar, mergulhado numa espécie de perplexidade sem sentido, quando, de repente, os passos tornaram a soar. Estremeci e, com cuidado, espiei do meu esconderijo. Bizmiónkov e Liza retornavam pelo mesmo caminho. Estavam muito emocionados, sobretudo Bizmiónkov. Parecia chorar. Liza se deteve, olhou para ele e proferiu claramente as seguintes palavras: "Aceito, Bizmiónkov. Não aceitaria se quisesse apenas me salvar, tirar-me dessa terrível situação; mas o senhor me ama, sabe de tudo e me ama; nunca encontrarei um amigo mais fiel e leal. Serei sua esposa".

Bizmiónkov beijou-lhe a mão; ela sorriu para ele com tristeza e foi para casa. Bizmiónkov meteu-se no matagal e eu segui meu rumo. Sendo provável que ele tenha dito a Liza exatamente o mesmo que eu pretendia dizer e que ela tenha lhe respondido o mesmo que eu gostaria de ouvir, não havia mais com que me preocupar. Duas semanas depois, eles se casaram. Os velhos Ojóguin ficariam satisfeitos com qualquer pretendente.

Mas agora me diga: sou ou não um homem supérfluo? Não desempenhei o papel de um homem supérfluo em toda essa história? O papel do príncipe... sobre ele não há nada a comentar; o papel de Bizmiónkov também está claro... E eu? Onde me encaixo em tudo isso?... A quinta roda estúpida de uma telega!... Ah, que amargura, que amargura estou sentindo!... Como dizem os *burlakis*:[30] "Mais uma vez, mais uma vezinha" —, um dia mais, e outro mais, e já não sentirei nem prazer nem amargura.

31 de março

Estou mal. Escrevo estas linhas de cama. Ontem à noite o tempo mudou de repente. Hoje faz calor, é quase um dia de verão. Tudo se derrete, cai e flui. No ar há um cheiro de terra revolvida: há um odor pesado, intenso e sufocante. O

[30] Na Rússia, homens que puxavam as embarcações com a sirga. (N. do T.)

vapor sobe de todos os lados. O sol não só bate, mas fere. Estou mal, sinto que me decomponho.

Queria escrever um diário, mas, em vez disso, o que fiz? Relatei um episódio da minha vida. Falei sem parar, recordações adormecidas despertaram e me arrastaram. Escrevia sem pressa, com detalhes, como se ainda tivesse muitos anos pela frente; agora já não há mais tempo para continuar. A morte, eis a morte chegando. Já ouço seu terrível *crescendo*...[31] Chegou a hora... Chegou a hora!...

E que importa? Não daria no mesmo se eu não contasse? Ante a morte, as últimas futilidades terrenas se dissipam. Sinto que me acalmo; começo a ser mais simples e claro. Recobrei os sentidos tarde demais... Coisa estranha! Sem dúvida, estou calmo, mas, ao mesmo tempo, assustado. Sim, estou assustado. Inclinado até a metade sobre um abismo silencioso e escancarado, estremeço e me volto para examinar com atenção voraz tudo ao redor. Cada objeto me é duas vezes mais caro. Não me canso de contemplar meu quarto pobre e triste e despeço-me de cada mancha nas paredes! Fartem-se pela última vez, olhos meus! Minha vida se esvai; com calma e precisão, ela corre para longe de mim, como a margem aos olhos do marinheiro. O rosto velho e amarelo de minha aia, atado com um lenço escuro, o samovar chiando na mesa, o vaso de gerânios na janela e você, meu pobre cão Trezor, a pena com a qual escrevo estas linhas, minha própria mão, agora os vejo... aí estão vocês... aí estão... Será que... talvez hoje... nunca mais os verei? É difícil para um ser vivo despedir-se da vida. Por que me faz carinho, meu pobre cão? Por que deita o peito na cama, metendo agitado o rabo entre as patas e sem tirar de mim seus olhos bondosos e tristes? Está com pena de mim? Ou já sente que seu dono logo falta-

[31] Em italiano no original. (N. do T.)

rá? Ah, se pudesse passar o pensamento sobre todas as minhas recordações assim como passo a vista sobre todos os objetos do meu quarto... Sei que essas recordações são tristes e de pouca monta, mas outras não tenho. Que vazio, que vazio terrível, como dizia Liza.

Oh, meu Deus, meu Deus! Estou morrendo... Um coração apto e pronto para amar logo deixará de bater. Será que se apagará para sempre sem ter conhecido uma única vez a felicidade e sem ter se dilatado uma única vez sob o doce fardo da alegria? Ai! Isso é impossível, é impossível, eu sei... Se ao menos agora, ante a morte — apesar de tudo, a morte é algo sagrado, ela engrandece toda criatura —, alguma voz amável, triste e amiga entoasse uma canção de despedida para mim, uma canção sobre minha própria desgraça, talvez me resignasse a ela. Mas morrer na solidão é uma estupidez...

Parece que começo a delirar.

Adeus, vida, adeus, meu jardim, e vocês, minhas tílias! Quando o verão chegar, não esqueçam de se cobrir com flores de alto a baixo... e que seja agradável a todos deitar-se em sua sombra perfumada, na relva fresca, sob o farfalhar ciciante de suas folhas, agitadas de leve pelo vento. Adeus, adeus! Adeus a tudo e para sempre!

Adeus, Liza! Escrevi estas duas palavras e por pouco não caí na risada. Essa exclamação parece-me livresca. É como se eu estivesse escrevendo uma novela sentimental ou terminando uma carta de amor.

Amanhã será primeiro de abril.[32] Será que morrerei amanhã? Seria um tanto inconveniente. Por outro lado, isso me cairia bem...

E como o doutor atrapalhou-se hoje!...

[32] Na Rússia, o primeiro de abril é conhecido como Dia do Riso ou Dia do Tolo. (N. do T.)

1º de abril

É o fim... Minha vida chega ao fim. Morrerei hoje mesmo. Lá fora está quente... quase sufocante... ou já é meu peito que se nega a respirar? Minha pequena comédia se encerra. Desce a cortina.

Perecendo, deixo de ser supérfluo...

Ah, como o sol está quente! Seus raios intensos exalam eternidade...

Adeus, Teriéntevna!... Hoje de manhã, sentada à janela, chorou, talvez por mim... ou talvez porque ela mesma logo deverá morrer. Fi-la prometer que não se "livrará" de Trezor.

Está difícil escrever... estou largando a pena... Chegou a hora! A morte já não se aproxima com uma trovoada retumbante, como uma carruagem sobre o pavimento à noite: ela está aqui, paira ao meu redor como a brisa suave que arrepiou os cabelos do profeta.[33]

Estou morrendo... Vivam, vivos!

Que junto à entrada sepulcral
A jovem vida brinque
E a impassível natureza
Com sua eterna beleza resplandeça![34]

---

[33] Referência ao Livro de Jó, 4, 15. (N. do T.)

[34] Última estrofe do poema de Púchkin "Se eu erro por ruas ruidosas" (1829). (N. do T.)

Nota do editor — Sob esta última linha há o perfil de uma cabeça com um grande topete e um bigode, com um olho *en face*[35] e com pestanas cintilantes; e sob a cabeça alguém escreveu as seguintes palavras:

Lido este manuscrito
E rejeitado seu conteúdo por
Piotr Zudotichin
I I I I
Ilustríssimo senhor
Piotr Zudotichin.
Meu ilustríssimo senhor.

Mas, tendo em vista que o estilo dessas linhas em nada se parece com o dos demais capítulos do caderno, este editor se considera no direito de concluir que as linhas acima foram acrescentadas posteriormente por um terceiro, tanto mais que lhe chegou (ao editor) a informação de que o senhor Tchulkatúrin de fato veio a falecer na madrugada do dia 1º para o dia 2 de abril de 18... em sua herdade familiar de Oviétchia Vodá.

[35] Em francês no original: "em face", "na frente". (N. do T.)

O TRÁGICO DESTINO DOS MELHORES HOMENS DA RÚSSIA

Samuel Junqueira

Turguêniev e a figura do homem supérfluo

Ivan Serguêievitch Turguêniev (1818-1883) é mais conhecido entre os leitores brasileiros por seu polêmico romance *Pais e filhos* (1862), que fixou na literatura russa o termo pelo qual passaria a ser denominada a juventude radical de 1860: "niilista". Mas do que nem todos têm conhecimento é que o escritor também foi o responsável por cunhar a expressão que designaria as gerações anteriores, os chamados *lichnie tcheloveki*[1] — "homens supérfluos" —, que apareceu pela primeira vez na novela *Diário de um homem supérfluo* (1850) e ganhou uma tal dimensão que, após seu surgimento, teve início, por parte da crítica literária, uma busca por personagens de obras precedentes que apresentassem características que as enquadrassem sob tal designação. Da publicação de *A desgraça de ter espírito* (1824), de Aleksandr Griboiédov, até *Oblómov* (1859), de Ivan Gontcharóv, a literatura russa giraria em torno desse tipo, influenciando todos os grandes escritores do período.

[1] No idioma russo, o vocábulo *lichnii*, que aqui se traduz por "supérfluo", não tem o sentido de "superficial"; ele é empregado no sentido de "não fazer parte", "ser deslocado", e comporta também as acepções de "inútil" e "excessivo". (N. do T.).

De um modo geral, os homens supérfluos são caracterizados da seguinte forma: jovens de origem nobre, dotados de grande capacidade intelectual e dos mais elevados princípios morais, mas também incapacitados para a ação, para a luta em nome de seus ideais, tanto devido ao sistema repressor sob o qual estão submetidos quanto à própria educação que receberam. Outras literaturas também apresentam heróis nestas condições, idealistas mas inativos, porém, na Rússia, por trás de tal tipo há um complexo panorama histórico-social que o molda, não sendo por acaso que sua presença seja predominante no período que compreende dois grandes acontecimentos na história do país: a Revolta Dezembrista (1825) e a emancipação dos servos (1861).[2]

Para deixar claro o que está por trás de seu surgimento e o porquê de ele ser considerado a representação da própria sociedade, ou pelo menos de parte dela, faz-se necessário relatar os acontecimentos de 1812, data histórica no calendário russo. Para combater o exército francês, que ameaçava invadir a Rússia, o tsar Alexandre I (1777-1825) realiza uma

[2] Não que antes da Revolta Dezembrista não tenha havido heróis cuja caracterização apresentasse pontos em comum com o tipo do "homem supérfluo", porém eles ainda não eram tidos como representantes de uma geração e/ou período, sendo, no máximo, considerados protótipos daqueles que os seguiriam. Da mesma forma, também há personagens com essas características após a década de 1860 — e a obra de Anton Tchekhov (1860-1904) está repleta deles —, mas já se encontravam então em seu ocaso, representando o canto do cisne de uma época. Após o auge do tipo do "homem supérfluo", novas personagens de dimensões mais radicais surgem na literatura, em grande parte associadas ao recrudescimento do movimento estudantil e operário. Alguns exemplos podem ser citados: o "homem do subsolo", muito explorado por Dostoiévski; a figura de Bazárov, de *Pais e filhos*, do próprio Turguêniev, que é considerada uma personagem de transição; o estrangeiro revolucionário Dmitri Insarov, de *Às vésperas*, também de Turguêniev; e, finalmente, o revolucionário russo, retratado em *O que fazer?*, de Nikolai Tchernichévski (1828-1889).

grande campanha patriótica para incentivar o recrutamento do maior número possível de soldados. Membros de todas as classes foram convocados ou se ofereceram para ir à guerra, sendo esta a primeira vez que a sociedade russa se uniu por inteiro com um propósito em comum, se enxergou como uma nação, e isso traria consequências que influenciariam o país por todo o século XIX.

Ao mesmo tempo, a vitória sobre a França e a consequente marcha rumo a Paris proporcionam a esses jovens oficiais um contato com a Europa, momento em que tomam ciência do atraso histórico-social em que se encontra a Rússia em relação a seus vizinhos europeus. Desde então, inicia-se um movimento por mudanças na sociedade, o que culminará com a Revolta Dezembrista, em 1825, quando, pela primeira vez, a pequena nobreza instruída se levanta contra o regime constituído, exigindo reformas liberais, entre elas o fim da servidão e a adoção de uma constituição. O movimento revoltoso fracassou, seus líderes foram levados à forca, vários participantes enviados ao exílio e a repressão calou fundo na sociedade russa, mas esta já não era a mesma, uma consciência nacional se formara, e um novo tipo surgia no cenário social da Rússia.

No entanto, naquela Rússia de Nicolau I (1796-1855), cuja paisagem social se constituía de censura, repressão, cárcere e exílio, as possibilidades de livre-pensamento mostravam-se bastante limitadas. A geração que se formou sob esse regime tão opressor viu-se sem meios de colocar seus ideais em prática, o que, após 1825, culminou em ceticismo, amargura e isolamento. Imbuídos de valores humanitários ocidentais que se mostravam incompreensíveis a um russo; opondo-se a um sistema histórico-social milenar que já demonstrava seu anacronismo, mas cuja estrutura parecia indestrutível; apresentando pensamentos constituídos de um teor racional bastante estranho àquela terra tão afeita ao misticismo;

demonstrando um comportamento altivo e individualista em nada parecido com o que se presenciava na sociedade russa; tendo, de um lado, os olhares vigilantes de um governo despótico e, de outro, a desconfiança da massa camponesa, aqueles homens terminam por se sentir estrangeiros na própria terra.

Não demorou muito para que esse novo homem russo de ações tão limitadas passasse a ser um elemento constitutivo das obras dos grandes escritores: "O fato de tantos heróis literários russos serem 'homens supérfluos' parece quase inevitável: na Rússia do século XIX, não era possível nenhum outro tipo de herói".[3] O herói altivo, destemido, enfim, o herói clássico convencional, não poderia ser representativo dos difíceis anos de Nicolau I. Era preciso um tipo de personagem que encarnasse em si as frustrações da época, as angústias vivenciadas por aquela geração, e isso somente poderia ser feito através do homem supérfluo. Mas esse herói não seria tão marcante não fosse o fato de Turguêniev fazer de sua obra um verdadeiro laboratório desse tipo. O escritor não se limitou apenas a dar-lhe uma denominação, mas retratou seus mais impressionantes modelos, estampou suas contradições, deixou evidentes seus méritos, colocou-o em confronto com a geração seguinte, pensou-o filosoficamente. E dentre todas as personagens supérfluas de Turguêniev, merece destaque o protagonista e narrador do *Diário de um homem supérfluo*, Tchulkatúrin, pois ele traz uma enorme inovação em relação aos seus congêneres anteriores.

Turguêniev começou a escrever a novela em 1848, e em janeiro de 1850 enviou a última versão do texto a Andrei A. Kraiévski, editor da revista *Anais da Pátria*, periódico em que

[3] Irving Howe, "Turguêniev: a política da hesitação", em *A política e o romance*, São Paulo, Perspectiva, 1998, p. 84.

seria publicada. A novela veio a público em maio do mesmo ano, mas o seu conteúdo pouco lembrava o original. Trechos inteiros foram suprimidos pela censura, o que terminou por surpreender o escritor: "Sinto pela sorte do *Diário*, pois de modo algum esperava que a censura cortasse algo de uma obra tão inocente, mas o destino é inescrutável".[4]

Naquele momento, a sociedade russa passava por um período bastante delicado em sua história. Temendo que o país sofresse as influências dos movimentos revolucionários europeus de 1848, Nicolau I eleva a repressão a patamares sem precedentes na Rússia: "O período de 1848 a 1855 é a hora mais sombria na longa noite do obscurantismo russo no século XIX".[5] A literatura, que até então gozava de uma certa liberdade, não seria mais poupada, e comissões especiais foram criadas para vigiar de perto as publicações.

Os cortes em *Diário de um homem supérfluo* dão-nos uma amostra do procedimento adotado pela censura de então. Do capítulo de 20 de março, por exemplo, restou apenas o parágrafo inicial. Todo o relato da infância de Tchulkatúrin foi eliminado na primeira edição da novela, assim como as descrições satíricas de sua mãe e a relação com seu pai. Sem dúvida, aquela não era a típica família aristocrática russa que o regime tsarista gostaria de ver retratada na literatura. Os comentários de um filho ridicularizando a própria mãe e enaltecendo o pai, que apresenta um comportamento um tanto degradado, era algo inaceitável para a moral oficial da época. Nas anotações referentes à data de 23 de março foi suprimida a descrição da cidade de O..., e naquelas do dia 24 foi retirada a menção às autoridades. Todos os termos e ex-

[4] Carta de Ivan Turguêniev a Andrei A. Kraiévski, datada de 21 de maio de 1850.

[5] Isaiah Berlin, "A Rússia e 1848", em *Pensadores russos*, São Paulo, Companhia das Letras, 1988.

pressões que associavam o príncipe N* à instituição militar foram excluídos, desde a menção a seu capote militar até sua incumbência de alistar recrutas. O mesmo tratamento recebeu a personagem Koloberdiáev.

Comparar a eternidade a uma ninharia não foi algo bem visto pelos censores. Fizeram-se também mudanças pontuais com o objetivo de evitar possíveis alusões ofensivas à Igreja. A expressão "o toque discreto do sino rachado" ("*skromnoe takan'e nadtresnutogo kolokola*", p. 15 deste volume), que poderia ser uma analogia à degradação moral da Igreja ortodoxa, foi alterada para o neutro "o repique do sino" ("*zvon olokola*"). O trecho referente às anotações de 29 de março em que se relata o desespero de Liza na igreja também foi suprimido, assim como os dois primeiros parágrafos de 30 de março. Os comentários acerca da educação das crianças em casa, da paixão juvenil do narrador por uma criada, do amor como uma doença, da comparação com um cão e da expressão jocosa de um galhofeiro em relação à mãe de Tchulkatúrin tiveram o mesmo destino. Dessa forma, não fica difícil compreender o porquê da escassa atenção que a novela despertou quando de sua publicação. Poucos artigos apareceram na imprensa ocupando-se do texto, e os que o fizeram viram-no sob uma luz desfavorável.

O crítico A. V. Drujínin, escrevendo para *O Contemporâneo*, considerou a obra "a mais fraca" de Turguêniev. Situou-a ao lado de outras que seguiam um viés psicológico:

> "Nos últimos anos, habituamo-nos à exploração psicológica, às histórias sombrias, ociosas, aos homens supérfluos, às anotações de sonhadores e hipocondríacos; com diferentes novelistas mais ou menos talentosos, frequentemente perscrutamos o íntimo de heróis doentes, tímidos, fatigados, amargurados, indolentes, a ponto de nossos anseios mo-

dificarem-se completamente. Não queremos o tédio, não desejamos obras baseadas em quadros mórbidos da mente."[6]

Drujínin também criticava o uso excessivo de elementos satíricos nas obras literárias e apelava aos escritores para que buscassem seus temas na vida contemporânea e não se dedicassem unicamente à exploração intimista.

Outra resenha apareceu no periódico *Abelha do Norte*, escrita pelo seu colaborador permanente L. Brant, que viu em Tchulkatúrin um exemplo de inverossimilhança:

> "Se alguém, diante da morte, em uma carta comovente a um amigo ou a quem ama desesperadamente, com a eloquência do coração e um sofrimento genuíno, transmite sua angústia, teríamos algo verdadeiramente poético. Mas para falar de e para si mesmo com disparates de humor injustificado, quando a morte já está no limiar, torna-se algo inverossímil e logo entrega uma invenção, uma mentira do escritor."[7]

[6] Aleksandr Drujínin, "Cartas de um assinante forasteiro para a redação do *Contemporâneo* a respeito do jornalismo russo" ("Písma inogoródnego podpístchika v redáktsiiu *Sovremiênnika* o rússkoi jurnalístike", *Sovremiênnik*, nº 5, 1850, pp. 80-5, *apud* A. N. Dubovikov e E. N. Dunaeva, "*Dnievník lichnego tcheloveka*: istótchnik teksta" ("O texto-fonte de *Diário de um homem supérfluo*"), em Ivan Turguêniev, *Obra e correspondência completa em trinta volumes*, Moscou, Naúka, vol. IV, p. 591 (tradução nossa).

[7] L. Feleton Brant, "Gorodskói Viéstnik" ("Mensageiro Urbano"), *Siévernaia Ptchelá* (*Abelha do Norte*), 1850, nº 126, *apud* A. N. Dubovikov e E. N. Dunaeva, *op. cit.*, em Ivan Turguêniev, *Obra e correspondência completa em trinta volumes*, *op. cit.*, vol. IV, p. 591 (tradução nossa).

Somente em 1856, sob os ares mais liberais de Alexandre II (1818-1881), Turguêniev restauraria o texto original, terminando por acrescentar novos trechos que deixariam mais evidente o caráter supérfluo da personagem. A passagem que faz referência a um quinto cavalo atrelado à telega — uma analogia à própria condição de Tchulkatúrin — e as reflexões sobre o cadeado interno não estavam presentes na primeira versão da novela.

Dessa forma, por ter sido tão desfigurado pela censura, o *Diário* não obteve, por parte do público e da crítica, a costumeira recepção das obras de Turguêniev, cujo lançamento sempre tinha como consequência um enorme alvoroço na sociedade. Foi assim com *Memórias de um caçador* (1852), *Ássia* (1858), *Às vésperas* (1860), *Pais e filhos* e outros. Mas nem por isso a novela deixa de ser um texto inovador, principalmente no modo como aparece retratada a figura do seu protagonista.

O homem supérfluo sempre fora visto com certa simpatia pela crítica literária, pois era tido como uma vítima da estrutura social que imperava na Rússia. Seria impossível imputar um mínimo de culpa aos seus primeiros representantes — Oniéguin, Pietchórin e Béltov, por exemplo[8] — pelos seus respectivos fracassos no esforço de promover qualquer mudança àquele meio tão estagnado. Estes eram portadores de ideais, propagandistas, e isso era o máximo que se permitia no contexto em que estavam inseridos. A ausência de ação que os caracteriza é altamente compreensível e não poderia ser de outro modo, dados os rigores que os limitavam.

No entanto, nos últimos anos da década de 1850, há uma mudança de interpretação acerca desse tipo literário,

[8] Personagens, respectivamente, de *Ievguêni Oniéguin* (1833), de Aleksandr Púchkin, *O herói do nosso tempo* (1839-40), de Mikhail Liérmontov, e *Quem é o culpado?* (1845-47), de Aleksandr Herzen.

que não mais seria objeto de tanta benevolência. Com a morte de Nicolau I (1855) e a consequente abertura política promovida pelo tsar Alexandre II, cria-se um ambiente propício à possibilidade de uma conduta mais enérgica, algo além da mera explanação de boas intenções, o que não existia anteriormente. No ensaio "O russo no *rendez-vous*" (1858), o crítico radical Nikolai Tchernichévski analisa a novela *Ássia*, de Turguêniev, e vê em seu protagonista um aspecto — que ele estende a outros heróis — que não aparecera anteriormente: a fraqueza pessoal como elemento determinante para a ausência de ação do homem supérfluo. Ou seja, Tchernichévski responsabiliza pessoalmente esse tipo pelo seu trágico destino:

> "[...] o herói se mostra bastante ousado enquanto não se exige dele nenhuma ação concreta, quando se trata apenas de ocupar um tempo ocioso, preencher uma cabeça ociosa ou um coração ocioso com conversas e sonhos; mas basta chegar a hora de expressar seus sentimentos e desejos de forma direta e precisa e a maior parte dos heróis já começa a vacilar e a sofrer certo retardo na língua."[9]

Pode-se observar que, para Tchernichévski, o elemento impeditivo de ação não se encontra em algum fator externo à personagem, de caráter histórico-social. Sendo o cerne de sua inatividade a ausência de força pessoal e a incapacidade para a luta social, ele não mais poderia representar a imagem do herói ideal às transformações que a sociedade russa tan-

[9] Nikolai Tchernichévski, "O russo no *rendez-vous*", em Bruno Gomide (org.), *Antologia do pensamento crítico russo*, São Paulo, Editora 34, 2013, p. 270.

to necessitava. Aqueles novos tempos exigiam um novo tipo de herói, que, no entanto, ainda não surgira.

Em Tchulkatúrin já se presenciam essas novas características do homem supérfluo. O protagonista do *Diário de um homem supérfluo* não é visto como um estranho por apresentar ideais e pensamentos que estão em desacordo com a realidade russa, mesmo porque é algo que ele não o faz: "refletir sobre questões elevadas não é comigo" (p. 9). O que o atormenta é o fato de não se sentir útil a alguém, não ser uma figura de importância na vida de outro, enfim, não ser amado. Vivendo solitariamente desde a infância, Tchulkatúrin criou uma inaptidão para o relacionamento pessoal, o que lhe dava a sensação de um vazio existencial, e é nesse aspecto que se encontra a base de sua superfluidade. Sua viagem a O... ganha importância por se constituir na única ocasião em que vislumbra a possibilidade de fugir desse destino ao qual parecia condenado desde a infância. Desse modo, Turguêniev compõe a figura do homem supérfluo deixando de lado elementos que lhe eram inerentes e acentuando outros que, até então, não eram perceptíveis, provocando uma inovação na caracterização desse tipo.

No entanto, de forma alguma o homem supérfluo passa a ser uma figura desprezível e sem importância para a sociedade russa, como dá a entender Tchernichévski. Em "O tipo literário do homem fraco: a propósito de *Ássia*, de Turguêniev",[10] P. V. Ánnenkov adota uma postura de defesa do homem supérfluo, que ele prefere chamar de "homem fraco", pois, diz, a fraqueza não seria sinônimo de inutilidade. Para se contrapor à colocação de Tchernichévski de que esse tipo não mais estava à altura de ser adotado como modelo a ser representado, Ánnenkov compara-o às personagens alti-

[10] Publicado no periódico russo O *Ateneu*, nº 32, de 1858.

vas e enérgicas presentes na literatura, principalmente as da obra de Aleksandr Ostróvski (1823-1886) e Mikhail Saltikov-Schedrin (1826-1889),[11] que, corruptas e implacáveis, seriam destituídas de um mínimo de consciência moral. E diz: "Só podemos concluir que, até o momento, tal personagem é o único tipo moral, tanto em nossa vida contemporânea quanto em sua representação na literatura atual". E completa, rebatendo diretamente Tchernichévski:

> "Quando, em mais de uma ocasião, a sociedade lança uma condenação ao único grupo de homens que não se ocupa exclusivamente de interesses mesquinhos e egoístas, mas persegue objetivos mais nobres, isto, sem dúvida, atesta a triste verdade de que a sociedade não sabe onde se encontram seus servidores mais úteis. [...] O grupo dos chamados homens fracos é um material histórico a partir do qual se cria a própria vida contemporânea. Formou tanto nossos melhores escritores quanto nossos melhores ativistas sociais, e também no futuro será a base de todo homem sensato, útil e nobre."

Se compararmos o protagonista com as demais personagens do *Diário*, teremos a mesma percepção de Ánnenkov. Em face delas, Tchulkatúrin, ainda que com suas limitações e inaptidão para o relacionamento pessoal, é o único que não apresenta uma visão abjeta e interesseira. Ele não dissimula seus sentimentos. O comportamento que apresenta, ainda

[11] Entre as obras de Ostróvski, podemos citar a peça de teatro *A tempestade*, que estreou em 1859 (ed. bras.: São Paulo, Peixoto Neto, 2016, tradução de Denise Sales), e, quanto a Saltikov-Schedrin, o romance *História de uma cidade*, de 1870 (ed. bras.: São Paulo, Editora 34, no prelo, tradução de Denise Sales).

que muitas vezes absurdo, é a manifestação de seu real estado de ânimo. Quando adota uma expressão sombria e isola-se numa roda de conversa, nada mais faz que demonstrar sua insatisfação interior. Prefere isso a passar uma imagem que não corresponda ao que é ou ao que há dentro de si. Todo aquele mundo de futilidades em O... era-lhe repugnante ("A cidade de O... dava-me asco", p. 59), e ele apenas se detém por tanto tempo no local devido à esperança de uma reviravolta na relação com Liza, e essa é a grande tragédia que Turguêniev denuncia em *Diário de um homem supérfluo*. Os melhores homens da Rússia, aqueles que deveriam estar no centro dos acontecimentos do país, indicando os caminhos que a sociedade deveria seguir, estão, na verdade, isolados, esquecidos, "num casebre caindo aos pedaços, em meio aos resmungos insuportáveis de uma velha que espera ansiosa sua morte para poder vender suas botas por uma pechincha..." (p. 31).

A infância do homem supérfluo

Outra inovação que Turguêniev apresenta neste livro é o retrato do homem supérfluo ainda na infância. A figura da criança não é uma presença tão marcante em sua obra quanto os tipos do camponês, da mãe despótica, da mocinha altiva e destemida, do jovem de ação, além, obviamente, do homem supérfluo. Ainda assim, em seus textos o escritor forneceu alguns belos retratos de personagens infantis. As crianças de "O prado de Biéjin", por exemplo, conto de *Memórias de um caçador*, são umas das mais encantadoras da literatura russa, devido à inocência com que veem os mistérios da vida. No entanto, neste *Diário de um homem supérfluo* a criança retratada será privada de suas características românticas clássicas para adquirir contornos psicológicos mais complexos, pois no menino Tchulkatúrin já se presencia grande parte do caráter do homem, podendo-se até mesmo afirmar que Turguêniev criou a figura da "criança supérflua".

Muitas das personagens de Turguêniev tiveram como modelo um protótipo da vida real. Diz ele:

> "[...] de minha parte, devo confessar que nunca tentei 'inventar uma personagem', tampouco parti de um ponto ou uma ideia, mas de uma pessoa real, a quem elementos apropriados foram mesclados e acrescentados gradualmente. Por não possuir uma grande imaginação criativa, sempre sinto a necessidade de uma base firme sobre a qual possa assentar meus pés."[12]

Pode-se afirmar que o escritor fez de sua própria infância um modelo para retratar este período da vida de Tchulkatúrin. Vários elementos presentes na novela corroboram esta ideia, sendo um deles a figura da mãe da personagem, que se assemelha a muitas outras mães presentes na obra de Turguêniev.

De fato, a obsessão do escritor em retratar imagens de figuras maternas autoritárias parece estar intrinsecamente ligada à relação que tivera com sua própria mãe, tal a semelhança que aquelas apresentam em relação a esta. Várvara Petróvna era uma senhora extremamente despótica, que não abria mão de ter o controle absoluto de sua casa, exigindo uma obediência cega às suas ordens, não somente por parte de seus servos mas também dos próprios filhos. A relação

[12] Ivan Turguêniev "Apropos of *Fathers and Sons*", em *Literary Reminiscences and Autobiographical Fragments*, tradução e introdução de David Magarshack, com ensaio de Edmund Wilson, Nova York, Grove Press, 1959, p. 193 (tradução nossa).

conturbada que sempre tivera com sua genitora explica a ojeriza que o escritor viria a apresentar a qualquer tipo de autoritarismo. É possível pensar que nasceram daí traumas tão profundos que ele se viu na necessidade de representá-los em sua obra. Dessa forma, suas experiências pessoais tornaram-se matéria-prima de muitas de suas histórias, e no *Diário* isto aparece de forma explícita. Turguêniev costumava dizer que não tinha uma memória feliz da infância,[13] e, por duas vezes, Tchulkatúrin faz questão de ressaltar como fora triste sua vida de menino: "Tive uma infância difícil e infeliz" (p. 10) e "Como já disse, minha infância foi muito difícil e infeliz" (p. 12), diz mais à frente. A ênfase com que repete quase que textualmente esta informação em um tão curto espaço de tempo demonstra o quanto as experiências negativas de quando criança estão presentes em sua memória e influenciaram diretamente sua vida adulta, experiências que se fizeram negativas exatamente pelo tratamento que a mãe lhe impingira. Já no início da novela sua descrição não deixa dúvidas a respeito do papel que ela representa aos olhos do filho:

> "Sucumbiu sob o peso de sua própria dignidade e tiranizava a todos, a começar por si mesma. Ao longo de seus cinquenta anos de vida, nunca se permitiu um descanso nem ficou de braços cruzados; estava sempre se movimentando e ocupada como uma formiga — e sem nenhuma utilidade, o que não se pode dizer da formiga. Um verme infatigável a corroía dia e noite." (p. 10)

Fica nítido, na figura materna, seu caráter extremamente violento e possessivo, e a preocupação constante com a

[13] Cf. David Magarshack, *Turgenev: A Life*, Londres, Faber and Faber, 1954, p. 21.

manutenção do controle doméstico. Essa mesma inquietação demonstrava Várvara Petróvna Turguênieva, que não admitia que o menor fato se passasse sem seu conhecimento e autorização. Uma necessidade visceral de demonstrar poder a atormentava a ponto de fazer do seu lar sua própria corte, sendo ela, claro, a tsarina, e os criados servos seus ministros.

O pai de Tchulkatúrin também apresenta muitas semelhanças com o do escritor. A submissão à esposa, a busca por algo que o preencha fora de casa (se no caso do senhor Tchulkatúrin a tentação é o jogo, em relação a Serguei Nikoláievitch Turguêniev o ponto fraco era o sexo feminino) e a relação de ambos com os filhos são os elementos mais evidentes que os aproximam. Turguêniev deixou uma pequena descrição de sua relação com seu pai:

> "Eu o amava e admirava. Via-o como o exemplo de homem. [...] Às vezes, enquanto eu olhava para seu rosto bonito e inteligente, meu coração saltava e todo o meu ser corria em sua direção. Ele parecia sentir o que estava acontecendo dentro de mim e me dava um tapinha casual no rosto e ia embora, ou virava de repente, frio como só ele sabia ficar, e eu me encolhia, frio também."[14]

A admiração que o filho apresenta pelo pai, o desejo de estar junto dele, o contato carinhoso um tanto constrangedor, a necessidade paterna de se ausentar de casa, tudo isso vemos transparecer no *Diário de um homem supérfluo*. Tchulkatúrin vislumbra no pai uma possibilidade de libertação do sofrimento doméstico. Quando ele diz: "Não tive irmãos ou irmãs. Fui educado em casa" (p. 12), nota-se o seu

[14] David Magarshack, *Turgenev: A Life*, *op. cit.*, pp. 20-1.

isolamento, a não convivência com iguais, sendo essa sensação de ser único no mundo bem característica do homem supérfluo. Para fugir dessa solidão e da tirania materna, ele busca a companhia do pai, porém este, embora por vezes lhe traga algum conforto, nem sempre se mostra presente para ampará-lo ("não gostava de ficar em casa", p. 10). Se a figura materna representa o despotismo, a paterna está associada à insubordinação, pois, com seu vício pelo jogo, ele desafia a autoridade de sua esposa. A aversão do menino pela mãe autoritária e seu apego pelo pai transgressor ("Esquivava-me de minha mãe virtuosa e amava com ardor meu degenerado pai", p. 11) evidencia sua propensão à rebeldia, que é um elemento inerente ao homem supérfluo, pois ele se caracteriza por apresentar uma inconformidade com o meio em que vive. Aliás, essa assimetria no tratamento da relação com o pai e a mãe transparece nas passagens em que Tchulkatúrin detém-se na descrição da morte de ambos. Poucas linhas são dedicadas à de sua mãe, resumindo-se ao seguinte trecho:

> "Uma única vez eu a vi totalmente serena: justamente no dia seguinte ao de sua morte, no caixão. Contemplando-a, juro, pareceu-me que seu rosto expressava um assombro sereno; era como se os lábios entreabertos, as faces cavadas e os olhos docilmente fixos soprassem as palavras: 'Como é bom repousar!'. Sim, é muito bom poder finalmente se livrar da consciência martirizante da vida e dos sentimentos obsessivos e inquietantes da existência! Mas isso não vem ao caso." (p. 10)

Trata-se de um relato bastante sucinto, feito com o único objetivo de realçar o comportamento intempestivo da mãe em vida. Nenhuma palavra acerca da reação e dos sentimentos que, no papel de filho, ele tivera naquele momento. O próprio modo como encerra a passagem ("Mas isso não vem ao caso") demonstra seu desejo de não se estender sobre o assunto. Muito diferente mostra-se a descrição sobre a morte do pai, acontecimento que se constitui como a maior tragédia de sua infância. Sua idade quando do ocorrido, o momento em que toma conhecimento desse fato, sua reação imediata, a causa da morte, as pessoas presentes na ocasião, a confusão em toda a casa, o médico que fora chamado, a cerimônia fúnebre, tudo é minuciosamente detalhado. Sua imobilidade ao contemplar o corpo do pai equivale à do próprio cadáver. A sensação de inutilidade, de não poder fazer nada, tão própria do homem supérfluo, transparece nitidamente nesta trágica e magistral cena descritiva.

Aliás, segundo o estudioso Frank Seeley, a carência afetiva na infância é um elemento sempre presente entre os membros da *intelligentsia* russa e, consequentemente, entre os homens supérfluos:

> "Uma elevada proporção dos lares de líderes da *intelligentsia* não oferecia nem o amor nem a estabilidade necessária para o desenvolvimento normal de seres humanos felizes. Ao analisarmos repetidamente suas biografias, descobriremos que a criança ou era ilegítima, ou desde cedo perdera os pais e fora criada por parentes remotos ou servos, ou crescera em um lar marcado pela indiferença ou temperamento infeliz de um ou ambos os pais."[15]

[15] Frank Friedeberg Seeley, "The Heyday of the 'Superfluous Man' in Russia", *The Slavonic and East European Review*, vol. 31, nº 76, dez. 1952, p. 96 (tradução nossa). Disponível em: <http://www.jstor.org/stable/4204406?seq=1#page_scan_tab_contents>.

Como se pode perceber, o caso de Tchulkatúrin assemelha-se ao do autor da novela.

Como já registrado, o que caracterizará em definitivo a natureza supérflua de nosso protagonista não se encontra em seu exterior, na vida ao seu redor. As razões clássicas que estão por trás do homem supérfluo — uma educação inapropriada e a repressão oficial — não se fazem presentes aqui.

De certo modo, Turguêniev procura até mesmo esvaziar a importância das influências histórico-sociais na formação da personagem. Dos vários professores e preceptores que tivera, o único que Tchulkatúrin menciona é o alemão Rikman, e não com os termos mais elogiosos: "um sujeito extraordinariamente melancólico e aniquilado pelo destino, inutilmente consumido por uma nostalgia aflita da pátria distante" (p. 12). A nacionalidade do preceptor demonstra que Tchulkatúrin fora educado segundo o idealismo romântico alemão, que foi a base da formação da *intelligentsia* russa da década de 1840, porém a descrição acima em nada lembra a imagem clássica de um mestre cujos ensinamentos influenciam seus pupilos por toda a vida. Dessa forma, não era objetivo do escritor destacar uma educação dissonante da realidade social russa como motivo central do caráter supérfluo da personagem, como é o caso de Lavriétski, do romance de Turguêniev *Ninho de fidalgos* (1859), por exemplo. Do mesmo modo, ao situar a história do *Diário* em uma cidadezinha nos rincões da Rússia, Turguêniev retira qualquer menção a uma razão política como causa da superfluidade, ou seja, não se encontra na ação repressiva do Estado a explicação para o caráter da personagem. O que realmente influirá em definitivo na natureza supérflua de Tchulkatúrin encontra-se nele mesmo, em sua constituição natural, até mesmo com características herdadas de seus pais. A consciência atormentada de sua mãe, que a coloca em constante estado de intranquilidade, agastamento e desconfiança, é algo que se observa no filho e será determinante na formação de sua personalidade, assim como a falta de autoconfiança e a fraqueza pessoal do pai. O próprio Tchulkatúrin compreende que suas limitações já nasceram consigo: "Oh, natureza!, natureza! Eu te amo tanto, mas saí de teu ventre ainda despreparado para a vida" (pp. 11-2). Ou seja, em *Diário* o elemento histórico-social dá lugar ao psicológico na formação do homem supérfluo.

Tchulkatúrin passa toda a sua vida buscando o amor que lhe faltara na infância, mas, ao mesmo tempo, hesita nos momentos em que essa realização depende apenas de si. Este é seu dilema e do homem supérfluo em geral: não ter a coragem definitiva para dar o passo que lhe é tão necessário.

SOBRE O AUTOR

Ivan Serguêievitch Turguêniev nasceu em 28 de outubro de 1818, em Oriol, na Rússia. De família aristocrática, viveu até os nove anos na propriedade dos pais, Spásskoie, e em seguida estudou em Moscou e São Petersburgo. Perdeu o pai na adolescência; com a mãe, habitualmente descrita como despótica, manteve uma relação difícil por toda a vida. Em 1838, mudou-se para a Alemanha com o objetivo de continuar os estudos. No mesmo ano, publicou sob pseudônimo seu primeiro poema na revista *O Contemporâneo* (*Sovremiênnik*).

Em Berlim, estudou filosofia, letras clássicas e história; além disso, participava dos círculos filosóficos de estudantes russos, e nessa época se aproximou de Bakúnin. Em 1843, conheceu o grande crítico Bielínski e passou a frequentar seu círculo. As ideias de Bielínski a respeito da literatura exerceram profunda influência sobre as obras do jovem escritor, que pouco depois começaria a publicar contos inspirados pela estética da Escola Natural. Essas histórias obtiveram grande sucesso e anos depois foram reunidas no volume *Memórias de um caçador* (1852). O livro alcançou fama internacional e foi traduzido para diversas línguas ainda na mesma década, além de ter causado grande impacto na discussão sobre a libertação dos servos.

Também em 1843, conheceu a cantora de ópera Pauline Viardot, casada com o diretor de teatro Louis Viardot. Turguêniev manteve com ela uma longa relação que duraria até o fim da vida, e também travou amizade com seu marido; mais tarde, mudou-se para a casa dos Viardot em Paris e lá criou a filha, fruto de um relacionamento com uma camponesa. Durante sua permanência na França, tornou-se amigo de escritores como Flaubert, Zola e Daudet.

Turguêniev viveu a maior parte da vida na Europa, mas continuou publicando e participando ativamente da vida cultural e política da Rússia. Nos anos 1850 escreveu diversas obras em prosa, entre elas *Diário de um homem supérfluo* (1850), "Mumu" (1852), *Fausto* (1856), *Ássia* (1858) e *Ninho de fidalgos* (1859). Seu primeiro romance, *Rúdin* (1856), filia-se à tradição do "homem supérfluo" ao retratar um intelectual idealista extremamente eloquente, porém incapaz de transformar suas próprias ideias em ação. O protagonista encarnava a geração do autor que, depois de estudar fora, voltava para a Rússia cheia de energia, mas via-se paralisada pelo ambiente político da época de Nicolau I.

Em 1860 escreveu a novela *Primeiro amor*, baseada em um episódio autobiográfico. Dois anos depois publicou *Pais e filhos* (1862), romance considerado um dos clássicos da literatura mundial. Seu protagonista Bazárov tornou-se representante do "novo homem" dos anos 1860. Abalado pela polêmica que a obra suscitou na Rússia — acusada de incitar o niilismo —, o autor se estabeleceu definitivamente na França e começou a publicar cada vez menos. Entre suas últimas obras, as mais conhecidas são *Fumaça* (1867), *O rei Lear da estepe* (1870) e *Terra virgem* (1877).

Autor de vasta obra que inclui teatro, poesia, contos e romances, Ivan Turguêniev foi o primeiro grande escritor russo a se consagrar no Ocidente. Faleceu na cidade de Bougival, próxima a Paris, em 1883, aos 64 anos de idade.

SOBRE O TRADUTOR

Samuel Junqueira nasceu em São Caetano do Sul (SP), em 1979. Formou-se em Letras pela Universidade de São Paulo, com bacharelado em Português e Russo. Na mesma universidade, cursou mestrado na área de Literatura e Cultura Russa, sob orientação da Profa. Dra. Fátima Bianchi. Em sua pesquisa de Iniciação Científica, financiada pela FAPESP, traduziu e comentou o conto "Relíquia viva", de Ivan Turguêniev. Na pós-graduação, com bolsa CAPES, voltou a se dedicar ao mesmo escritor, analisando a novela *Diário de um homem supérfluo*. Atualmente é professor de português nas redes pública e particular de ensino.

Este livro foi composto em Sabon,
pela Bracher & Malta, com CTP da
New Print e impressão da Graphium
em papel Pólen Natural 80 g/m² da
Cia. Suzano de Papel e Celulose para
a Editora 34, em maio de 2025.